Anche il creare è un dar forma al proprio destino
Albert Camus

a Teresa e alle sue tre terre

Illustrazione di copertina di Francesca D'Ottavi

Edizioni Lapis
Via Francesco Ferrara, 50
00191 Roma
tel: +39.06.3295935
www.edizionilapis.it
e-mail: lapis@edizionilapis.it

ISBN: 978-88-7874-434-9

Finito di stampare nel mese di settembre 2015
presso Tipografia Arti Grafiche La Moderna
Roma

Patrizia Rinaldi

Il giardino di Lontan Town

Lapis
edizioni

ACQUA DA TUTTE LE PARTI

Mio fratello Alberto Barbari porta stivali impermeabili e sta raccogliendo acqua e fango in un secchio per buttarli via, nel fiume di fuori che prima era una strada.

Viva l'autunno.

Gli stivali sono numero quarantotto.

A nove anni Alberto portava scarpe numero quaranta, dopodiché ogni anno è aumentato di uno. Un numero, dico. E pure nel resto è aumentato molto, infatti mio fratello è enorme. È alto uno e ottantotto, ha le cosce e le braccia muscolose e i muscoli e i muscoletti. Anche i suoi pollici hanno i muscoli, ma non ne sono sicura. Ha le spalle larghe come… come un giardino.

Porta i capelli lunghi così, chiari chiari, ma non li tinge di chiaro con la camomilla della pubblicità, sono proprio chiari da soli. È abile nei movimenti, non soltanto di secchio e fango e acqua. Tutti.

Mio fratello Alberto è un cane San Bernardo biondo. Io ho questo fatto di vedere gli animali nelle persone e, a volte, le persone negli animali. È una questione di eccesso di immaginazione.

D'altra parte, l'immaginazione mi salva spesso e così me la tengo con gli eccessi suoi e con tutto il resto di scombinamenti che comporta. No, perché l'immaginazione in eccesso può essere anche fastidiosa.

Alberto sa fare parecchi sport. Non studia molto, in quanto non ce la fa proprio a stare fermo a un posto. In un posto. Così si dice.

Io sono la sua controprova. Non so se la parola controprova è adatta, ma è bella e la penso e la ridico: controprova.

A farci caso, le erre danno importanza alle parole.

Magari dico così perché ho la erre difettosa e la esse che scivola in *sc* (ma si sente molto solo quando mi arrabbio).

Comunque.

Io sono il suo opposto: sono piccola per la mia età, ho la pelle olivastra, i capelli neri neri. Non li tingo di scuro, li ho proprio così.

Non ho ancora deciso quale animale sono, oscillo tra varie suggestioni. Un giorno mi deciderò a sceglierne uno solo.

Non sono abile nei movimenti sportivi, proprio per niente. I piedi non crescono. Potrei portare le stesse scarpe per anni, anzi porto le stesse scarpe per anni, anche perché non le sciupo. Non prendo a calci le pietre, non graffio la vernice con gli spigoli o roba del genere.

Una volta mia madre mi ha portato pure dal dottore.

«Signora, sua figlia... Mea... È un soprannome?» Sempre questa storia, mai che il mio nome passi in silenzio.

«No, è latino: Mia».

La spiegazione mi dà anche più fastidio. Nascere già di qualcuno non è un vantaggio.

«Sua figlia... Mea non ha niente che non va. È una bambina piccola, lenta. O si decide a crescere o resterà così. Quanti anni ha?».

«Dodici, quasi tredici».

«Torni dopo lo sviluppo e vedremo».

Sull'autobus, mia madre ha commentato le parole del dottore.

«Facevo prima a leggere l'oroscopo».

Mio fratello Alberto Barbari, dotato per sua fortuna di un nome normale, ha lo stesso cognome mio, com'è ovvio. Barbari. Ci chiamiamo Barbari. Lo ripeto perché in certi momenti, come quando una strada diventa mare, per esempio, le certezze fanno comodo.

Abbiamo il cognome di mio padre, che non c'è più per incidente di sfortuna. Dico così perché quando mio padre uscì di casa non lo salutai per un capriccio scemo e, per anni, sono stata convinta che il saluto mancato aveva contribuito all'incidente.

Lo so, pare una cosa scema, ma gli incidenti di sfortuna portano un po' di confusione nella logica.

Mia madre è un colibrì. Svolazzerebbe ovunque. Cambia idea all'improvviso, mentre è in volo, così traccia delle linee rette che a un primo sguardo sembrano precise.

Mia madre è Donatella e ha la fissa dell'estero. In questo non è razzista: tutti i posti sono meglio di dove siamo capitati noi per vivere. Tutti i monti, i laghi, i fiumi, le strade, i mari, le case, le colline, le leggi, le lingue, le storie, i soldi sono migliori dei nostri.

Migliore della nostra terra, secondo lei, è anche un paese lontano dov'è andata a stare zia Ludovica, la sorella viva di mio padre. Dire *sorella viva* pare una cosa scema ma, quando da piccoli capitano gli incidenti di sfortuna, poi ti sembra che tutti sono un po' qua e un po' di là.

Mia madre dopo che scrive e riceve mail da zia Ludovica, si esalta.

«Che fortuna che ha avuto!».

Mio fratello Alberto si lascia convincere e fa segno di sì con la testa, io mi lascio convincere così e così, in quanto sono di carattere incerto.

Anche ora sono incerta, seduta sul tavolo, con gli stivali di gomma che dondolano a metà nell'acqua e con il pensiero al giardino.

Il giardino era bello, bellissimo, anche se a mamma non piaceva. Dico era e non è, perché ora è uno stagno. Al posto delle canne di stagno ci sono erbe alte che fanno un bagno controvoglia. L'ho visto dalla finestra e ho pianto di nascosto, asciugando le lacrime in fretta, in quanto non serve proprio per niente altro liquido.

Non ci voleva. Il giardino era casa mia, la mia casa sull'albero, anche se stiamo a piano terra.

Ora sta arrivando la pompa aspirante. Rallento le parole dei pensieri – ché sono brava a rallentare tutto – e mi godo lo spettacolo.

La macchina bevi-acqua è un elefante. Fa sorsi lunghi con la proboscide e li sputa nei pochi luoghi asciutti rimasti.

L'immaginazione a volte è scomoda, ma ha i suoi vantaggi. Comporta distrazioni dal presente che, in alcune occasioni, sono molto utili.

UN PO' PRIMA DELL'ACQUA E UN PO' DOPO

Prima dell'acqua straripata avevamo un bazar.

Bazar lo chiamava mia madre-colibrì, sempre per manie di estero.

«Mamma, perché chiami bazar, il negozietto?».

«Mea, te l'avrò spiegato cento volte: perché qui si fa commercio ma anche cultura, come nelle civiltà dove le vendite e gli acquisti sono regolati da uno scambio sentimentale e di informazioni».

A mia madre mancavano pochi esami per laurearsi, poi non so cosa è successo e non si è laureata più. Questo fatto deva averla impicciata, infatti parla sempre di cultura, cultura e cultura. A me la cultura assoluta pare un po' indigesta.

«Capisco. Quindi nei bazar ci sono merci diverse e disordinate e pochi clienti».

«Mea, tu sei distruttiva».

«Non credo. Da piccola ho giocato molto con le costruzioni».

«Non è bastato».

Comunque.

I soldi erano pochi anche prima dell'acqua.

Continuavamo lo stesso, con i sogni dell'estero di mia madre, con lo sport e il lavoro di mio fratello che però giocava anche a rugby (quando non si studia tanto, si ha molto tempo a disposizione), con il mio giardino, con le gioie e i dolori comuni.

Per questioni che non so spiegare bene, non avevo molti amici.

No, devo essere sincera: a causa di alcune mie caratteristiche non avevo e non ho molti amici.

Mia madre dice che risolverò all'università. All'università? E intanto?

Comunque.

La mia vita cambierà completamente. È questione di giorni. Quindi questo fatto dell'amicizia non è la preoccupazione più importante.

Dopo che l'acqua è andata via, mia madre e mio fratello mi hanno chiamato. Stavo fuori a vedere come se l'era cavata il giardino. Male, se l'era cavata. Aveva, sulla testa del prato, una fanghiglia grigio-beige. Faceva freddo, l'aria appuntita passava sotto i pantaloni, i piedi erano umidi e non avevo voglia di sorridere. Forse il sole, quando si sarebbe deciso ad arrivare, avrebbe seccato il fango e lo avremmo tirato via come una crosta sulla ferita. Chissà.

Alberto mi ha chiamato.

«Vieni dentro, ché dobbiamo decidere».

Ho capito poi che il "dobbiamo" era molto sbagliato, che andava meglio "dovevano". Loro. Cioè io c'entravo ma non c'entravo.

Il discorso è stato lungo e mi scoccio di ricordarlo. A ogni parola, la mia testa, le mie mani, il mio stomaco diventavano uno spezzatino tagliato sempre più fino.

Quando ho ingoiato bene la saliva in eccesso, ho parlato a bassa voce.

«Non voglio andare da zia Ludovica che sta a Lontan Town. Non ci vado».

Mia madre mi ha risposto, ma si vedeva bene che aveva già la sentenza pronta, che qualsiasi cosa avessi detto – pure "sì, ci vado" – lei avrebbe usato le parole decise già prima.

«Ci vai lo stesso». E poi...

«Io e Alberto restiamo qui per il tempo che serve a sistemare la casa e il bazar. Dobbiamo provare a saldare i debiti, a vendere quello che si è salvato, poi veniamo da te. Tu devi andare prima per frequentare la scuola. Farai in tempo a essere lì quasi all'inizio dei corsi. Qua non possiamo badare a te come si deve, mentre vendiamo tutto per poi ricominciare in un posto più civile».

Io ho detto frasi brevi e slegate per avere più possibilità di essere ascoltata. L'attenzione di mia madre non è granché.

«Mi occupo da sola di me. Ho quasi tredici anni. Non è colpa mia se ci siamo allagati. Mi state cacciando di casa! Ho solo dodici anni. Non avete pietà! Non conosco l'inglese».

È intervenuto Caino-Alberto.

«Non è vero, un po' lo conosci. Studi tanto, tu».

«E da quando in qua studiare è pure un'aggravante, che mi costringe a fare quello che non voglio fare?».

Caino-Alberto ha insistito.

«Ma ti senti come parli? Meglio se l'inglese lo sai così e così, almeno sarai più semplice» si è fermato, forse per prendere la rincorsa. «Almeno qualcuno ti capirà e potrai avere amici e fare una vita normale».

Non ho parlato più.

A volte le parole sono inutili: cadono col sedere per terra, perché l'altro tira indietro le braccia all'ultimo momento e non le piglia.

PREPARATIVI

Sono cominciati i preparativi: carte per il passaporto, lasciapassare, impronte digitali, microchip, marchi a fuoco, file in segreteria per dichiarare "no, la ragazza non perderà l'anno, andrà in una scuola uguale a questa, ma a Lontan Town", foto formato tessera identiche, dubbi fondamentali di mia madre "farà freddo? quali vestiti devi portare?" e molto altro.

Il primo ostacolo è la durata del viaggio. Più di mille chilomètri non sono una sciocchezza.

Il secondo ostacolo è il costo del viaggio. Più di mille chilometri non sono una sciocchezza.

La somma dei due ostacoli fa sprofondare mia madre nella disperazione. Lei si entusiasma oltre misura e si abbatte oltre misura. La misura mia, si intende.

E io, che sono quella che non ha nessun entusiasmo di partire, devo pure rimpicciolire la disperazione di mia madre.

Le dico che una soluzione si troverà, che esistono biglietti meno costosi di quello che ci ha proposto l'agenzia di viaggi Mete D'Oro e che la rete si può usare anche per altre cose, che non siano scrivere a zia Ludovica.

A questo punto mia madre si esalta di nuovo.

«Ma sì, troveremo tutte le soluzioni!».

«Alcune, mamma, alcune».

Sempre così con mia madre: eccede di qua o di là come un birillo a dondolo.

Comunque.

La soluzione vera l'ha trovata zia Ludovica. In una mail molto scombinata, ci annuncia che sa lei come fare: un suo amico più giovane di lei – ma solo di poco (che dettaglio inutile!) – tra due settimane sarà in Italia per affari e poi tornerà a Lontan Town. Potrò viaggiare con lui. Sai che pacchia! Nella stessa mail c'è pure copia di un bonifico fatto da zia Ludovica al conto in rosso di mia madre: l'aereo me lo paga lei.

Mia madre guarda lo schermo e guarda me, guarda lo schermo con la cifra del versamento a suo favore e guarda me.

«Sì! Abbiamo trovato tutte le soluzioni!».

«*Vevamente* non sono tutte e quelle che abbiamo *tvovato*; le ha *tvovate* zia Ludovica» le faccio notare con la erre nervosa.

Quando mi agito la mia erre peggiora. In genere è quasi addomesticata, ma se mi arrabbio diventa una lama rotante. *Votante* per la precisione. Se mi arrabbio ancora di più, ci si mette pure la esse che diventa una *sc*. Perfetto.

«Perché devi essere così?» mi chiede mia madre.

«Vedi tu, si dà il caso che mi hai fatta in tal modo».

Quando occorre, sono bravissima a trovare le parole senza erre. È un esercizio antico, l'ho imparato in prima elementare, quando i miei gentili compagni mi massacravano per il gusto di prendere in giro me e la mia erre sbagliata. Quando i bambini ridevano alle mie interrogazioni spaventate e mi facevano il verso con il suono di una macchina in partenza che aveva la v al posto della erre: *vvvvvoooommmmm.*

E non lo dico a nessuno, nessuno lo sa in quanto è il mio segreto, ma questo è pure il motivo per cui conosco tante parole e pare che parli difficile. Ho cominciato da molto piccola e si sa, quando una cosa cominci a farla da molto piccola la impari bene fin sotto le unghie: *vvvvvoooommmmm* e vai via come un razzo.

Il telefono interrompe la fuga mia.

Risponde mamma. È zia Ludovica e vuole parlare con me. Proprio adesso che ho le erre rotanti. Poi uno dice la *fovtuna.*

«Come stai, Mea?». Comincia così. Come stai. Finalmente a qualcuno interessa. O forse è solo un modo di dire. Ma sì, sarà solo un modo di dire. A Lontan Town come qua.

Mi viene un'idea, ma ora non ho tempo per pensarci bene.

«Sto. Ed è abbastanza. Tu come stai?».

Riesco a usare parole senza erre. Dieci punti per me.

«Sto contenta e spaventata». Strano, questa non è la risposta solita.

«Come mai?».

Come mai invece di perché. Cinque punti per me.

«Perché sono contenta del tuo arrivo, ma sono anche spaventata. Vorrei che tutto andasse bene, ma so che ci saranno difficoltà».

Mi pare una paura sincera. Otto punti per zia Ludovica.

«Capita».

Non mi sbilancio e in "*capita*" non ci sono erre: altri cinque punti per me.

Zia Ludovica attacca a parlarmi dell'amico suo, poco più giovane di lei. Mi dice com'è fatto (benissimo pare), quale musica gli piace (non la conosco), perché dovrà venire in Italia, di cosa si occupa (vino e olio se capisco bene).

Per un "come stai?", un quarto d'ora a parlare del suo amico. Meno cinque punti per zia Ludovica.

LA MALINCONIA CHE DÀ FASTIDIO E QUELLA CHE NON DÀ FASTIDIO

È tutto pronto.

La valigia è restata come una bocca aperta, a ingoiare panni, giorno dopo giorno. Ora non si chiude. Mia madre ci si è seduta sopra.

«Si fa così» e si è accomodata sulla valigia con un salto. I panni là dentro mi fanno pena. Sono incastrati stretti e non hanno possibilità di fuga. Più o meno come me.

Il giardino non ha la crosta che immaginavo. L'umido del buio scioglie il fango rimasto e lo impasta con l'erba. Ogni notte. Credo che la cicatrice si farà quando sarò già andata via da un pezzo.

In casa non hanno tempo per la mia malinconia, perché c'è un andirivieni fastidioso di persone interessate all'acquisto del bazar, della casa e del giardino.

Interessate è una parola grossa. Vengono a visitare la nostra proprietà sfasciata dall'acqua, perché attirati dal prezzo basso. Poi la vedono e capiscono perché il prezzo è tanto basso. E se ne vanno.

Mia madre e mio fratello sono impegnati a dirigere il traffico di estranei. Hanno scritto un annuncio di vendita presuntuoso. Gliel'ho anche detto che "VENDESI CASA RESIDENZIALE CON NEGOZIO RESIDENZIALE E GIARDINO RESIDENZIALE" non andava bene. Mi hanno risposto che la critica veniva proprio da quella più legata alla casa e che quindi ero semplicemente desiderosa di non venderla. Non gli ho detto che non è così. Perché è così. Però è vero anche che, sì, sono affezionata a ogni briciolo di muro, ma non per questo non vedo le crepe. Inutile parlare con loro due, vedono solo trionfi e bellezza di cambiamento.

Mentre parlavo al telefono con zia Ludovica, mi è venuta l'idea che a Lontan Town cercherò cose e sentimenti simili, quelli validi in tutto il mondo, insomma. Non mi metterò a fare storie tipo "là era meglio, qua è peggio, qua è meglio, là era peggio". Primo perché lamentarmi mi disgusta, secondo perché mia madre è campionessa dell'*altrove è bellissimo* e mi dà fastidio, terzo perché la malinconia mi sta facendo male già così, senza paragoni continui.

La malinconia mi viene a trovare soprattutto al mattino quando mi sveglio. Mi saluta. Buongiorno. Buongiorno a te, le dico.

Si vede che di notte, per poter dormire bene, dimentico e, al mattino, non posso dimenticare più.

A volte nutro la malinconia. Me ne vado in giardino a considerare che, con tutto il fango, è il giardino dove ho fatto giochi bellissimi. Bellissimi... Non lo so se sono stati bellissimi. Non lo so più.

Quando ero in terza elementare mi convinsi che potevo vedere l'erba crescere. Mi stendevo a pancia sotto sul fango, che allora non c'era. No... Mi stendevo a pancia sotto sul prato, che allora c'era, e restavo a osservare i piccoli mutamenti dei fili d'erba. A me sembrava il massimo, ma quando l'ho detto mi hanno presa in giro. In verità mi hanno detto anche "scema cretina e ignorante", ché non sapevo che non si può vedere l'erba crescere.

«È che da voi non si fa vedere» ho risposto.

La malinconia buona non mi dà fastidio. È una carezza che mi fa lo stomaco molle. È un "*va così*" sussurrato. È sicuramente un suono di chitarra non elettrica.

Piangere di malinconia buona è molto diverso da piangere per malinconia cattiva. Fa diventare un neonato che piange così come succhia, senza ancora malizia del dispiacere vero, dico.

La malinconia buona è addirittura una possibilità di conoscere il mondo.

Se mi hanno presa in giro per il fatto che vedevo l'erba crescere, figuriamoci come lo farebbero se dicessi questa cosa qua della malinconia. Bah.

La malinconia cattiva, in questi momenti di quasi partenza, riguarda mio padre.

Se ci fosse mio padre, forse non dovremmo vendere tutto.

Se ci fosse mio padre forse mia madre non sarebbe così fissata con l'estero.

E i bambini di classe non mi avrebbero preso in giro.

E la mattina non mi capiterebbe di ricordare tutto in maniera così precisa.

E non avrei la erre rotante quando mi arrabbio.

E nemmeno la esse che diventa *sc*.

E saremmo ricchissimi e non dovremmo vendere una casa rotta facendo finta che sia una casa sana.

E io sarei un metro e settanta e i piedi mi crescerebbero.

Sto esagerando.

PRONTI, PARTENZA, VIA

Tutto pronto. Si va.

L'amico di zia Ludovica, Gino detto Gin (così si presenta), e i suoi occhiali neri mi aspettano in aeroporto. Mia madre mi affida a lui con uno scambio di poche parole. Non mi fa raccomandazioni; sono la saggia secchiona e non ne ho bisogno.

I saluti sono stati sbrigativi: per lei il tempo che staremo lontane è poco. E poi ha da fare.

Niente di peggio che parlare la lingua della malinconia, mentre un altro parla la lingua della gioia possibile.

Va bene, pazienza, d'accordo. Mi dico per convincermi.

Comunque.

Per non essere indiscreta non guardo fisso Gin, ma non mi sembra tutta 'sta bellezza che ha detto zia Ludovica.

Invece di guardare Gin, mi guardo intorno. È la prima volta che sono in un aeroporto.

In giro ci sono molte cose da vedere. È tutto pulito; si vede che la bufera non è mai entrata. Ci sono parecchi gabinetti con i cartelli "ANDATE IN UN ALTRO GABINETTO CHE QUI ABBIAMO APPENA LAVATO". Da dove sono ne conto tre. Di cartelli, dico. Accidenti, quanto lavano!.

Ci sono moltissimi bar, forse per questo ci sono pure moltissimi gabinetti. A furia di bere, servono tanti gabinetti.

Ci sono i negozi di vestiti e i negozi di profumi. Negozi non è la parola adatta. Sono dei cubi di vetro messi in fila.

Le bottiglie di profumo mi piacciono molto. Sono lucide, di tanti colori, costano un botto ma puoi provare il profumo su delle striscioline porta profumo. Ci sono persone di tutti i luoghi del mondo (tutti forse è eccessivo). Alcuni vagano, si vede che non sanno che fare. Altri corrono, altri camminano e basta, come se non volessero staccare i piedi da terra.

Mentre camminiamo e mi guardo intorno, Gin parla al telefono in inglese. Non ci capisco molto. A parte *wine and olive oil* e *italian women sexy*.

Se Gin parla al telefono come se non esistessi, forse posso guardarlo meglio.

Accidenti.

Ha gambe lunghe che finiscono in scarpe quasi gialle.

Ma non è per questo che penso "Accidenti".

Ha una camicia lucida e stretta e i bottoni avvertono: attenzione, stiamo per partire a raffica da un momento all'altro.

Ma non è per questo che penso "Accidenti".

Ha dei capelli giallo spiga. Il raccolto sarebbe buono, perché i capelli sono davvero tanti.

Ma non è per questo che penso "Accidenti".

Penso "Accidenti" perché Gino detto Gin si è sfilato gli occhiali neri e ha sfoggiato due occhi perfettamente storti. Tuttavia, se cambia direzione dello sguardo, gli occhi improvvisamente si orientano, diventano allineati.

Ciò non è tutto. Un occhio è nero e un occhio è verde.

Gin a questo punto riscuote tutta la mia ammirazione. Praticamente ha rubato gli occhi a un camaleonte. Mi pare meglio di un documentario sulle meraviglie della natura, meglio della possibilità di evoluzione degli occhi, meglio pure della malinconia che mi sta passando perché, per fortuna, la malinconia, come il resto, subisce il fascino della distrazione.

Mi faccio un film bellissimo sulla possibilità che Gin apra la bocca di scatto e srotoli una lingua lunghissima per catturare una mosca. Peccato che in questo aeroporto così pulito, gelido di aria condizionata, non ci siano mosche.

Mentre mi stupisco e mi incanto sulle meraviglie della natura, mentre mi chiedo come mai zia Ludovica mi ha tenuto un quarto d'ora al telefono a parlare del suo amico senza darmi l'informazione più importante, una donna saltellante, vestita come un leopardo-zebra-coccodrillo-e-anche-un-po'-tigre, caccia un urlo.

«Giiiiiiinnnnnnn!».

Mezzo aeroporto si gira.

In effetti, un incontro così rumoroso tra un camaleonte e una leopardo-zebra-coccodrillo-e-anche-un-po'-tigre non può passare inosservato.

Mi vergogno per l'attenzione che tocca anche a me: una tredicenne qualsiasi che si trova insieme a due eccezioni del mondo animale partecipa comunque a qualcosa di interessante da osservare.

Mi vergogno, ma sono pure un po' contenta. La vita è strana. Stanotte piangevo perché non volevo partire e ora mi trovo per la prima volta in un aeroporto-zoo, in compagnia di animali sconosciuti che ingoiano la mia malinconia.

COME ALLA FINE MI RITROVO CONFUSA E CON UN REGALO COSTOSO

Scopro che la signora predatrice viaggerà con noi.

Lo scopro perché Gino ci porta al bar e, senza chiedermi cosa voglio, mi piazza in mano un succo di pera che per fortuna mi piace e ordina due gin tonic. I due gin tonic sono entrambi per lui; la signora beve solo acqua. Da qua evinco che le predatrici sono astemie.

Faccio attenzione a non far rumore con la cannuccia, che si vendica verso la fine del succo di pera con un *groarrr* sostanzioso. Intanto i due parlano e parlano.

Se capisco bene, dato il mio inglese imperfetto, si sono conosciuti a Venezia in un *veryromanticweekend*. Per fortuna avranno altre ore di volo da passare insieme, chissà se si rivedranno mai più. Ma è proprio questo il bello della vita. O almeno così dicono loro.

Contemporaneamente, vengo anche a sapere che il signor Gino si fa chiamare Gin non per il desiderio di un nome corto o per manie estere tipo mia madre, come avevo pensato, ma perché gli piace il gin. A volte le soluzioni sono semplici, altroché.

A ogni sorso Gin pare più estasiato e le parole sue cambiano. Se le arrabbiature mi rovinano la erre e mi fanno scivolare la esse, il gin fa un effetto simile al signor Gino, ma solo per quanto riguarda le esse.

Scopro anche che per volare bisognerà prima prendere l'autobus. È una specie di prezzo da pagare, perché l'autobus che ci porterà all'aereo sarà affollato e ci sballotterà di scossoni, però per i voli successivi non ci saranno autobus, ma un tubo che ci porterà fin dentro all'aeroplano. Caspita, se non è una bugia da gin tonic me lo voglio proprio godere questo tubo. Ci si potrà scivolare dentro? Avrà la gommapiuma? Chissà.

Andiamo presso un numero lampeggiante scritto grande e là ci mettiamo in fila. Sono eccitata per il mio primo volo della mia prima vita che probabilmente sarà anche l'ultima, ma non lo posso dire a nessuno.

L'allenamento di non avere amici mi aiuta, ma ora mi farebbe piacere persino avere vicino mio fratello, che mi prenderebbe di sicuro in giro. Glielo direi lo stesso e *friccicherei* di domande. Va bene, non c'è. Pace.

Però mi serve dirlo a qualcuno.

Idea.

Che poi come idea è vecchia più del signor Gin Tonic.

Fa niente.

Mi giro e saluto il mio amico immaginario. Cooper.

«Ciao Cooper, anche per te è il primo volo della tua prima vita che probabilmente sarà anche l'ultima?» Cooper non risponde. «Cooper, cerca di collaborare. Chiariamoci: non sono matta né ubriaca. Ubriaco è il signor Gino, non io. A ognuno il suo. So benissimo che non esisti e che sei sorto dal nulla a uso esclusivo della mia Fantasia Sana. Capito? Sana. Bene, ma devi rispondere. Altrimenti non sai farmi compagnia nemmeno per finta e ti levi dai piedi in meno di un secondo. Io ti ho creato e io ti distruggo. Intesi?».

Cooper intende e mi risponde subito.

«Sei molto carina e hai un sorriso incantevole. Sei unica. Hai un modo di parlare che fa...».

«Alt, Cooper, non esagerare ché già sei finto per i fatti tuoi. Se sbrodoli complimenti, va a finire che proprio non ce la faccio a crederti immaginato ma possibile. Ricominciamo. Ciao Cooper, anche per te è il primo volo della tua prima vita che probabilmente sarà anche l'ultima?».

«No, ho volato altre volte. Sono stato in Messico, in Egitto e in Madagascar. Sai, il Madagascar è la terra dei camaleonti. Ne ospita cinquantotto specie, quasi tutte le specie del mondo».

«Accidenti, il signor Gino deve essere nato là. Io impazzisco di gioia per i camaleonti. Meglio se non ubriachi».

«Sei emozionata per il tuo primo volo?».

«Tanto, Cooper. Ho emozione, paura, lieve tremito a ginocchia e pensieri, ho una febbriciattola che sta a metà tra aria condizionata e spavento».

«Andrà tutto bene, stai tranquilla. Volare è un'esperienza bella, indimenticabile». Molto compìto 'sto Cooper, forse anche troppo. «Ah, ricorda di chiedere ai due adulti improbabili, che non ti pensano proprio, di offrirti una gomma da masticare. Ti servirà soprattutto nel momento del decollo e dell'atterraggio. Serve a prevenire il cattivo funzionamento dell'orecchio a causa della pressione».

Resto come una scema.

Ora, io non lo so da dove ho preso l'informazione della gomma da masticare. Perché Cooper sono io e quindi l'ho pensata io. Eppure a me sembra che non la sapessi prima.

Ma vuoi vedere che con gli amici finti succede lo stesso che con gli amici veri? Parli con loro e parli parole che non sapevi di sapere. Sono molto confusa.

Comunque chiedo la gomma a Gin.

Gin scappa via dalla fila e torna dopo un po' con cinque pacchetti di gomme e un tablet.

«È per te. Ti aiuterà anche a tradurre quando *sciarai* in difficoltà».

«Grazie, Gin. Non so se posso accettare, costa troppo».

«Prima regola al mondo: se ti capita in *sciorte* il troppo, conservalo per quando ti capiterà il poco».

Sono ancora più confusa: cammino con in mano le gomme, con la puzza di gin nel naso, con lo sguardo camaleontico negli occhi e con Cooper che mi dice:

«Ci siamo quasi, tra poco usciamo dal varco e si vola».

SI VOLA E SI ATTERRA PURE

Gli scossoni dell'autobus con le ruote basse mi fanno vedere l'aereo a scossoni, appunto.

L'autobus pare che strisci. Striscia e ogni tanto salta, perché anche le vite degli autobus sono incoerenti. Cooper sta vicino a me, ma non parla. Forse ha sonno.

L'aereo è grandissimo.

Ce la farà a volare tutto quel ferro? Chissà.

Quando scendo dall'autobus arriva un vento forte che mi spinge indietro, verso l'autobus che ho appena lasciato.

Caro vento, è inutile, devo partire lo stesso. I tuoi tentativi di rispedirmi a casa sono gentili, ma tanto a casa non mi vogliono, do impiccio. Devono vendere il giardino, la casa, il negozio, io sarei un ostacolo.

Mi sto compatendo, pessima cosa.

Una hostess, gentile per professione, ci fa accomodare. Si vede che l'aereo è stretto, perché restiamo in fila sulla scaletta come chicchi che devono entrare in un imbuto. Chicchi… imbuto? Bah, le mie capacità logiche si stanno deteriorando.

Il mio posto non è vicino a quelli del camaleonte e della tigre-giaguarata. I tre posti sono sulla stessa fila, ma il mio è vicino al finestrino, i loro sono oltre due corridoi di spazio. Li vedo solo se mi spenzolo in avanti. Mi viene un caldo strano, ma poi capisco che non è strano e non è solo mio, perché molti si sventolano con il depliant dei liquori e dei profumi, e sbuffano. Gin legge i prezzi delle bottiglie.

Sarà un viaggio di ore e ore, meglio che mi dia una calmata, altrimenti il tempo non passerà mai.

Il sedile a fianco al mio resta libero. Cooper si può accomodare.

«Se hai paura, puoi darmi la mano durante il decollo» gli dico.

«Sei tu che hai paura» mi dice.

Ah, questo amico immaginario Cooper! Ha una logica di ferro. Chissà se riesce a volare con tutto quel ferro.

Gli prendo la mano senza fare altre storie e aspetto di sapere se si solleveranno i ferri dell'aereo, i ferri della logica di Cooper, il ferro della mia paura.

I motori prendono a fare un gran chiasso, ci muoviamo, lenti lenti. Stiamo su una strada dove hanno tolto tutte le macchine. I ferri vari si impennano, smettono di andare piano e le vertebre mie si incollano al sedile, una a una. Dimentico di masticare la gomma e le orecchie urlano in un ronzio: brutta scema, dovevi ricordarlo, ora beccati questo strano dolore di fischio!

Quando le ruote si staccano da terra mi arriva una vertigine dietro la testa. Mi scendono due lacrime dritte. Me le asciugo con la mano libera, quella che non tiene la mano di Cooper.

Ho l'anima spappolata dai contrasti, ma mi trovo già sulle nuvole e mi pare molto strano vederle così bene dall'alto verso il basso. La distrazione mi aiuta di nuovo. Lei mi aiuta sempre.

Mi spenzolo per guardare Gin e la tigre. Si tengono per mano (sul serio, non come me e Cooper). Si vede che hanno paura anche loro.

Le nuvole dall'alto hanno la stessa forma delle nuvole dal basso. Sono piene di bordi tondi, sono sfilacciate, sono trasparenti, sono grigie, sono bianche, sono piccole, sono grandi. Galleggiano.

Il movimento dell'aereo mi fa galleggiare insieme alle nuvole. *Din, don, din, don*. Così mi addormento.

Sogno topi gentili non per professione, che bevono l'acqua del giardino e poi – ancora non sazi – bevono l'acqua della casa, poi l'acqua del negozio.

Tutto torna come prima. Sono di nuovo nella mia scuola di prima, senza amici, ma va bene uguale. Sono di nuovo nel giardino a veder crescere l'erba. Ma com'è bello questo prato! Verde verde di splendore, con alcune lumache giganti che chiacchierano con le tartarughe e le farfalle che...

Attenzione, sta arrivando un camaleonte gigante con gli occhiali da sole! Vi mangerà, andate via, prendete un aereo e scappate. Ecco, sta arrivando anche una tigre-giaguarata, cavalca un coccodrillo di plastica. Il coccodrillo sa volare e infatti vola.

Il camaleonte sgranocchia farfalle e ordina un gin tonic.

Mi sveglio.

Unico dato vero è la voce del signor Gino che chiede un gin tonic alla hostess. Sono sempre nell'aereo.

Devo fare trascorrere ore e ore e ci riesco. Chiacchiero un po' con Cooper, leggo, cerco di capire come funziona il tablet, mastico gomme e il cibo che mi portano: non hanno gusto molto differente.

L'atterraggio è uno sprofondo sulla terra. Fa ancora più paura del decollo ma, si sa, anche stare in cielo stanca.

Ci mettiamo in fila per scendere.

Gin mi si avvicina.

«Se non ti dispiace, non diremo a zia Ludovica che abbiamo viaggiato con la mia amica».

«Tu hai viaggiato con la tua amica. Io ho viaggiato da sola».

«Beh, sì, in effetti, ma non lo diremo lo stesso, vero? Ti piace il tablet?».

«Molto bello».

Il signor Gino cerca di comprare la mia amicizia.

Non ho amici, non ho una terra mia, non ho una lingua che so parlare bene ma l'amicizia comprata è ridicola come i suoi occhi, ora allineati e speranzosi, che guardano i miei. Meglio quando sono storti a guardare contemporaneamente due panorami diversi.

Non so perché, ma Gin mi fa pena. Lui non lo sa, ma io non avrei detto a zia Ludovica della signora-tigre anche senza il regalo del tablet.

Chi fa errori sguaiati mi fa pena, per un po' divento l'altro e mi vergogno.

Scendiamo.

ZIA LUDOVICA VIVA E DAL VIVO

Zia Ludovica è venuta in Italia due volte: una volta quando c'è stato l'incidente di sfortuna e un'altra volta tre anni dopo. La seconda volta è venuta con un fidanzato di cui non ricordo il nome. Ricordo però che è accaduta una piccola tragedia, perché il fidanzato l'ha lasciata proprio mentre stavano a casa nostra. Ora, dico io, ci vuole un'abilità a lasciarsi a più di mille chilometri da casa ma tanto gli adulti, si sa, non hanno mica la logica di ferro di Cooper!

Comunque.

Ho un ricordo imbrogliato di zia Ludovica perché è mescolato con la memoria e con le parole degli altri. Mi hanno sempre detto: "Siete uguali, vi rassomigliate in maniera impressionante, sembri sua figlia, per forza, Ludovica è la copia del fratello e tu sei la copia di tuo padre, guarda la pelle olivastra, gli occhi neri neri, la statura non tanto alta, i piedi piccoli, il modo di ridere, il modo di piegare la testa, la schiena, i capelli".

Nella testa mia, perciò, si è formata un'immagine di zia Ludovica che è l'immagine mia da vecchia. O da più vecchia, perché in fondo zia Ludovica non è proprio decrepita.

Gin e la tigre si baciano, poi fingono di non conoscersi. Un camaleonte e una tigre che si baciano meritano il ricordo di una foto indelebile. E io la faccio una foto, con il tablet che mi ha regalato Gino.

Gin mi mette una mano sulla spalla. Gliela levo. Non dirò niente a zia Ludovica, ma non esageriamo con l'ipocrisia, ché stucca.

Ci avviamo verso l'uscita e io cerco con lo sguardo un'altra me più vecchia, ma non riconosco nessuna che somigli alla me che sarò fra un bel po' di anni.

Intorno mi si accalca il mondo nuovo.

Che impressione che mi fa questo mondo nuovo!

Mi incanto a decifrare lineamenti insoliti, colori di pelle e vestiti di ogni sfumatura, valigie di ogni famiglia di valigie, dialetti (non lo so se sono proprio dialetti o lingue vere e proprie) dai suoni più diversi, parole che escono di gola, parole fatte di esse di serpente, di vocali larghe come mari, di sussurri, di risate.

Vicino a me due ragazzi si abbracciano. "Addio per sempre", dice lui. E piange. "Non sarà per sempre", dice lei. E sorride. Lui allora dà un calcio allo zaino, che forse ha poggiato per terra per poterla abbracciare meglio, poi se lo carica sulla schiena e se ne va. Pare piegato. Lacrime e zaino devono pesare molto.

Ecco una cosa del mondo nuovo che è precisa identica al mondo vecchio: lacrime che fanno bene e sorrisi che fanno male. No, perché questo l'ho imparato presto: i sentimenti non giocano mai da soli; tu metti il sentimento sul tavolo come carta da gioco, lui perde o vince a seconda della risposta dell'altra carta. Non tua.

Gin si dirige verso una donna-renna. Accidenti! Il camaleonte è proprio fissato con le altre specie di donne animali!

La donna-renna ha un cappello imbarazzante e di sicuro copre un palco di corna. Forse la donna non vuole che le corna prendano freddo. No, perché qua fuori, all'altro mondo, fa un freddo da levare il respiro.

Le protuberanze del cappello della donna si concludono in alcuni fiocchetti colorati. Chissà come l'è saltata in testa questa idea del cappello. Oltre le corna, dico.

La pancia della donna-renna è beige-renna. Appunto.

Non è una pancia piccola ma forse si nota di più perché la donna-renna è tutta piccola e senza tacchi. Porta degli stivaletti ciccioni con la pelliccia artificiale. Ha un muso guardabile e un naso all'insù grazioso e bordeaux scuro. Gli occhi sono occhi tipici di renna, allungati verso le tempie, belli abbastanza e neri neri. Sanno essere timidi, mi pare.

Ecco che la renna comincia a saltare di qua e di là, si agita. Meno male che non ha la slitta attaccata, altrimenti le cadeva tutto.

Mi saluta.

Strano, non conosco renne.

Vorrei restare nel dubbio ma no, non posso.

La donna-renna è zia Ludovica.

Mi abbraccia, mi dice mila e mila parole in inglese. Nella foga perde il cappello e le corna-capelli esplodono in una pettinatura indisciplinata che imita al naturale un'acconciatura rasta.

Mi bacia, mi ribacia, mi annusa, mi abbottona la giacca e mi dice che le sembra di rivedere lei alla mia età.

Perfetto. Sono stata appena promossa renna-giovane.

NELLA MIA STANZA MA PRIMA FAST FOOD

Entriamo in macchina.

Una macchina enorme.

Un pullman.

Zia Ludovica ha un cuscino sotto il sedere. Gin siede davanti, al suo fianco. Io sono seduta dietro.

Faccio una domanda stupida e pure un poco maleducata.

«Come fai ad arrivare ai pedali?».

«Non ci sono i pedali, la macchina ha il cambio automatico. Sarai stanca. Non ti porto in giro in centro. O ci vuoi andare?». Col tempo imparerò che zia Ludovica fa domande e non aspetta le risposte. «Casa nostra è un po' fuori mano, ma non devi preoccuparti. A scuola tua ti accompagnerò io e se vorrai uscire con gli amici ti porterò in macchina agli appuntamenti».

Casa nostra, scuola tua, uscire, amici, appuntamenti. Mi sa che zia Ludovica, come la mia genitrice, possiede entusiasmi esagerati.

Casa nostra: la casa, al massimo, avrà una stanza che mi ospita e che per ora di nostro non ha niente. E nemmeno di mio.

Scuola tua: la "mia" scuola... Si può dire che non sentivo mia nemmeno la scuola media italiana, dove sono stata due anni. Guarda un po': ecco un altro punto in comune con il "prima".

Amici: Cooper a parte, qua non conosco nessuno. Io non ho un carattere socievole e avrò pure paura di sbagliare le parole straniere.

Appuntamenti: gli adulti pensano in modo... scaduto. Gli appuntamenti non si usano più dal

1492, da quando Colombo centrò un appuntamento imprevisto con gli indigeni. I miei coetanei in Italia avevano un luogo di ritrovo e, se eri accettato nel gruppo, passavi di là. Semplicemente. Io non ero stata accettata ma passavo lo stesso. Però sul marciapiede di fronte. Passavo veloce, senza fermarmi.

Gin decide di vantare il suo regalo.

«Ludo? ho regalato un tablet a tua nipote, così potrà aiutarla a fare *progresci* con la lingua».

Progresci dice. Il gin, evidentemente, non è evaporato del tutto.

Gin poggia un braccio sul sedile di zia Ludovica, si gira, mi guarda e strizza un occhio. L'altro occhio, ancora più libero dai vincoli perché il suo compagno è chiuso, fa un giretto sul perimetro della macchina.

Comunque.

Zia Ludovica si scioglie in un brodo di ringraziamenti. Santo cielo.

«Grazie, sei un tesoro, sei unico. Sei un grande amico. Avrete tutto il tempo per diventare amici voi due».

Zia Ludovica deve essere fissata con l'amicizia.

Siccome la malinconia arrabbiata mi è tornata, vorrei dirle che sull'aereo Gin ha speso tutto il tempo con i baci e i *manonellamano* con la donna-tigre.

Vorrei dirle che le donne-tigri mangiano le donne-renne in un morso solo.

Vorrei dirle che se non succede è perché abitano continenti diversi. Vorrei dirle che il cappello imbarazzante non la salverebbe, che ci vorrebbe un elmo e magari una spada, invece di quel tintinnare gioioso della sua voce che non la difende proprio per niente.

Non glielo dico.

In fondo lei che ne sa e che ne sa pure di me che mi vedo seduta in un pullman verso una destinazione che non mi appartiene.

Così invece di "attenzione ai denti della tigre!", le dico:

«Non sono stanca, mi piacerebbe andare al centro».

Al centro di cosa? Chissà.

«Ma che bello! Ce ne andiamo tutti e tre a un fast food. Ti piacciono gli hot dog?».

Zia Ludovica parla italiano con l'accento di chi l'Italia non la vede da un pezzo. In compenso i suoni esteri che pronuncia sono perfetti, aspirati, sputati.

A questo punto dovrei rivelarle un'altra caratteristica insolita mia: ho dodici anni, quasi tredici, ma non mi piacciono i cibi-mondezza.

Non mi piacciono perché mia madre ne fa un uso esagerato, in quanto ritiene così di mostrarsi internazionale e moderna. In quanto così non cucina perché si scoccia e poi perché le riesce anche male.

Mi piacciono le lenticchie, la pasta, le verdure, i timballi della domenica (domenica di altre case, dico), il pesce, le patate vere, le minestre, i piatti della cucina italiana di paese.

Ma non posso darle una delusione. In fondo lei ce la sta mettendo tutta. Così mi mostro contenta del fast food e della puzza di hot dog che già si accomoda nel mio naso.

Gin dice che ha impegni che lo costringono a tornare a casa sua.

«Ludo, sono spiacente, ma ho da terminare un lavoro importante. Sai, in Italia ho lavorato tantissimo ma ora devo rendere conto all'azienda dei contatti con le cantine che sono riuscito a conquistare».

Un camaleonte che conquista cantine.

La vita è strana.

Molliamo Gin sotto casa sua. Abita in una strada colorata, in pieno centro. C'è una certa allegria e strade larghe e freddo da tutte le parti.

Per il momento non posso godermi l'allegria e le strade. Mi somiglia di più il freddo.

Passo sul sedile davanti e vado verso il mio primo pranzo con zia Ludovica.

IL PRIMO PRANZO CON ZIA LUDOVICA

Appena restiamo sole in macchina, zia Ludovica manda un messaggio a mia madre per dirle che sono approdata sana e salva, grazie a Gin (grazie a Giiinnn? Da quando in qua si ringrazia un camaleonte-liquore?) e che sto benissimo.

Dopo poco arriva la risposta di mia madre: "Che fortuna, Mea avrà ogni opportunità di successo. Grazie a te".

Zia me lo legge e sorride. A me vengono i brividi. La parola successo non mi piace. Mi fa venire in mente un uomo (suc-ces-so: participio passato maschile singolare di succedere) in piedi sulla tavoletta del gabinetto che agita uno scopino come se fosse una coppa. Inoltre mi dà fastidio che mia madre non chieda come sto.

Io. Davvero. Non la "Io" sua e cioè Mea. Non la ragazzina che vuole lei.

Entriamo nel fast food e zia Ludovica libera di nuovo le corna-capelli. Mi incanto a guardarli. Sono parecchio indisciplinati i capelli di zia Ludovica. Invece le persone intorno sono disciplinate e fanno molte file.

Ci uniamo agli allineamenti.

Facciamo una fila per pagare il pranzo, una per prendere il vassoio, una per prendere il numero, una per aspettare che cucinino (parola grossa) i nostri panini, una per le bibite. Eviteremo solo quella per il gabinetto, prima di uscire.

Ora siamo sedute una di fronte all'altra.

Cosa ci diremo?

Ho l'imbarazzo del mio essere asociale ma tanto zia Ludovica possiede tutte le domande del mondo. Mi tocca solo rispondere.

Se me ne darà il tempo.

Provo per zia un sentimento inopportuno. Mi pare una figlia scombinata, una giovane in forma da adulta.

Se non fossi asociale mi piacerebbe chiederle: "Scusa, zia, ma come hai fatto a sopravvivere in questo mondo nuovo con il cappello sulle corna, l'aria incantata, i piedi piccoli e la faccia rotonda che sembra chiedere sì, raccontami un'altra bugia ché mi piacciono tanto? La prenderò per oro colato e ci sguazzerò dentro".

Invece sto zitta e le domande le fa lei.

«Ti piace il panino? Come stai messa con il tuo inglese?».

Due domande insieme. E mi va anche bene perché capirò che è capace di arrivare anche a cinque o sei di seguito. Rispondo solo alla seconda, tanto zia Ludovica dimentica molto di quello che chiede.

«A scuola vecchia stavo messa bene. Considerato che la mia prof non ne sapeva tanto, sto messa male nella vita vera».

Un rivolo di maionese cade dal panino di zia

Ludovica. Non le dico che i suoi pantaloni verdi sono in pericolo. Se ne accorgerà da sola...

«Imparerai. Inutile anticipare i problemi».

Anticipare cosa? Santo cielo.

«Domani ti accompagno a scuola, là parleremo con i docenti e chiarirai le tue esigenze. Tempo un mese e parlerai senza eccessive difficoltà. A me è andata così, anche sul lavoro».

Domani? Vuole farmi morire.

«Che lavoro fai?» chiedo.

«Al momento nessuno». Intanto, la maionese raggiunge il pantalone. «Ho perso il lavoro la settimana scorsa ma ne troverò un altro. Non preoccuparti per i soldi. Ho una cifra notevole da parte».

Mi preoccupo eccome. I soldi assenti sono la causa del mio trasferimento qua.

«Notevole quanto?».

Zia Ludovica, con un tovagliolo, spalma la maionese su tutta la coscia.

«Possiamo vivere agevolmente per un paio di mesi».

Un paio di mesi? Dove sono capitata, santissimo cielo.

«Si risolverà. Pensiamo a domani».

Domani. Ho una paura che mi porta via. Non hanno mai sentito frasi tipo "la ragazza deve prima ambientarsi in un mondo nuovo...".

«Non sono pronta per andare a scuola domani».

Stop. Alt. Fine del comunicato.

«Non sarai mai pronta. Tanto vale buttarsi».

Zia Ludovica non accetta parole definitive.

Vorrei piangere tutte le lacrime che invece ingoio. Lo stomaco si ribella e faccio in tempo solo a tapparmi la bocca.

Corriamo verso il gabinetto.

Non facciamo la fila per motivi di fretta.

Zia Ludovica pretende di entrare con me. Dice che non se ne parla, che vomitare da soli è tristissimo.

Vorrebbe entrare anche Cooper ma lui ce la faccio a tenerlo fuori.

Vomito il panino, il viaggio in aereo, Gin e la tigre, il giardino stagnante, la malinconia, la maionese, la scuola, il mio inglese cattivo.

Usciamo dal bagno piccolo. Zia Ludovica prende dalla borsa uno spazzolino, il dentifricio, un asciugamano, salviette profumate e già che si trova uno smacchiatore.

«Sembri la figlia di Mary Poppins» le dico.

«Io sono la figlia di Mary Poppins» mi dice.

In fondo zia Ludovica ha delle risorse, là in fondo al baratro dove ci troviamo.

TANTO VALE BUTTARSI

La casa di zia Ludovica è isolata. È una bella casa in mezzo alla natura. E fin qua ci siamo. La stanza che dovrebbe essere mia è bella. È spaziosa, ha un balconcino sporgente sulla facciata e chiuso da vetri. Si chiama *bow window*, mi spiega zia.

«Ripeti».

«*Bow window*».

«L'hai detto abbastanza bene, ma è migliorabile».

«Grazie».

Il letto è strano. È molto largo e i piedi si prolungano in due aggeggi di legno alti.

«D'estate ci va la zanzariera» mi spiega zia e indica un gancio in alto.

Alzo gli occhi e vedo il gancio. Più che un velo mi pare possa reggere un quarto di bue.

Per restare in tema di macelleria, zia Ludovica mi fa:

«Ho telefonato alla scuola» chissà come parlano le scuole. «C'è un servizio bus. Cosa preferisci? Vuoi che ti accompagni io, come ti avevo detto o vuoi familiarizzare da subito con i tuoi nuovi amici?».

«Non ho amici. Né vecchi né nuovi».

«Per favore, non usiamo la categoria dell'impossibilità».

Non le dico che tutto è possibile solo per una che è una donna-renna.

Lascio la valigia così com'è e chiedo di andare fuori. Zia Ludovica pare contenta. Vuole venire con me. Le dico che è meglio, per me, familiarizzare da subito – e da sola – con il prato locale. Mi dice di stare attenta agli animali. E come no! Mi manca solo di incontrare un leone e poi la giornata si concluderebbe al meglio.

Sono da sola sul prato. Cerco la finestra della mia stanza, la vedo, sporgente e carina. Mi piace proprio questa finestra.

Alcune cannucce mal messe delimitano il confine del prato di mia zia. Oltre le cannucce ci sono alberi alti e cespugli e parecchio buio.

Penso al mio giardino che forse sta guarendo.

Per il compito che mi sono data cerco somiglianze con questo prato qua.

1. **L'erba.** L'erba è erba. Qua magari è un po' più alta e più folta, ma sempre erba è.
2. **Il colore dell'erba.** Ha tanti tipi di verde; da tutte le parti ha tanti tipi di verde. È un dato abbastanza scemo ma comunque è un fatto che ora mi serve.
3. **Questo prato qua** è molto più grande di quello dove sono cresciuta ma magari, chissà, potrei recintarne un pezzo e dichiararlo mio.
4. **L'albero.** Al centro di questo verde c'è un albero. Da me non c'erano alberi però, con un po' di immaginazione, potrei trasferire sull'albero "la mia casa sull'albero" senza albero. A volte a cercare somiglianze si fa

confusione. Però mi piacerebbe una vera casa sull'albero.

5. **L'acqua.** Sul confine destro c'è un ruscello che fa un rumore allegro. Niente a che vedere con l'acqua di bufera che ha allagato il giardino italiano – ex mio – che adesso è in vendita. Eppure l'acqua è acqua e di per sé è pure abbastanza innocente. L'acqua cade dal cielo. Se capita in un ruscello è fortunata, se capita in un allagamento meno. Più o meno come i neonati, le stelle, i soldi, i libri, le case, le bestie e tutte le altre vite.

Così prometto. Prometto che questo giardino, fosse l'ultima cosa che faccio, sarà anche mio. E vedrò l'erba crescere pure qua.

Accarezzo dei fili alti.

«Siete già cresciuti, ma magari con un po' di vitamine crescerete ancora e io vi vedrò allungarvi in faccia alle nuvole» gli dico.

«Meaaaaa, è venuto Gin. Ha dei regali per noi». Zia Ludovica mi chiama.

Accidenti quanti regali fanno i camaleonti.

Entro in casa e lo saluto. A me ha portato una sciarpa pelosa che rende il mio collo un collo di renna-piccola. A zia Ludovica ha portato due bottiglie di gin e due di acqua tonica.

«Così potremo fare gin tonic a volontà» dice.

Noto che il suo senso di proporzione tra acqua e gin è molto sbagliato.

Mi avvio verso la camera che sarà mia, mentre loro due brindano e brindano. Il signor Gino parla d'amore con zia Ludovica. Sono già sulle scale, quando mi arriva la voce di zia.

«Il bus della scuola sarà fuori al cancello alle otto precise. Se deciderai di non familiarizzare, ti accompagnerò io».

Non le rispondo. Non è la maniera di domandare questa. Più che una domanda contiene una rinuncia, ma sono troppo stanca e non ho voglia di fare storie.

Crollo sul letto con la zanzariera assente e mi butto nel sonno così come sto, puzzolente di aereo e di buio.

E LO SAPEVO CHE ANDAVA A FINIRE CHE CI ANDAVO DA SOLA

Mi sveglio e non so dove sono. Tipico.

Ho freddo, mi sono addormentata vestita e senza coperte. Dalla finestra sporgente entra la luce. Ciò non mi impedisce di andare a sbattere contro il porta-zanzariera.

Ho fame.

Devo andare a scuola nuova.

La fame mi passa.

Mi infilo le scarpe e vado giù, in sala.

Zia Ludovica dorme sul divano di fianco alle bottiglie vuote.

Gin non c'è e anche il gin è finito... La battuta è involontaria.

«Zia Ludovica, devo andare a scuola» la chiamo. Non mi sente.

Le scuoto il braccio.

«Zia Ludovica, devo andare a scuola».

Mi risponde con un miscuglio di suoni, poi si gira dall'altro lato e russa.

«Ma porca miseria» urlo «dimmi almeno dove e a che ora devo prendere il bus!».

Continuando anche a russare – non so come fa – mi dice parole impastate di sonno.

«Te l'ho già... detto... Il bus della scuola... sarà fuori al cancello alle otto precise...».

Sono le sette.

E arriva Cooper.

«Ciao, Cooper. Dormito bene?».

«Insomma, così e così, Mea. Oggi si inizia».

«Io inizio».

«E che, mi lasci qua con la zia ubriaca?».

«No, meglio se vieni con me».

«Bene. Allora vai a fare la doccia».

«Intanto mi prepari la colazione?».

«Non posso preparare la colazione».
Anche l'immaginazione ha i suoi limiti.

Vado in cucina. Il frigorifero pare un armadio. Lo apro. Ci sono cinque litri di latte e nemmeno un succo. Ci sono dodici yogurt con la frutta a pezzi, quattro panetti di burro normale, un barattolo di burro di arachidi, tre confezioni di pane in cassetta, salse varie, bacon in busta, sottilette arancioni (povere bestie).

Mangerò pane freddo con burro freddo. Non so usare i fuochi che poi qua sono piastre incandescenti. Sembrano occhi rossi. Ci mancano solo loro!

Mi faccio la doccia e poi apro la valigia per cercare panni puliti. Puliti sono puliti ma sono anche maltrattati e hanno uno strano odore di... renna. Cioè, non so se questo che sento è odore di renna, ma mi pare proprio. Insomma, puzzano di selvatico.

Per questioni di suggestione mi vesto beige-renna. Mi guardo allo specchio: poche volte mi sono sentita così brutta.

Vado a mangiare pane freddo con burro freddo. Do un paio di morsi e smetto. Mi viene da vomitare di nuovo.

Mentre mi trattengo, vedo zia Ludovica sfrecciare via dal divano dove stava dormendo, con la mano davanti alla bocca.

Caspita se corrono le donne-renna!

Raggiungo la porta del bagno e busso piano. Molto piano. Lei mi ha aiutato quando ero io a vomitare ma di prima mattina non ce la faccio. Non voglio che mi senta, ma voglio anche che mi senta. Contraddizioni della vita.

Esce dal bagno con la faccia verde. Forse sta pensando a Gin-Camaleonte.

Zia Ludovica mi guarda e sospira.

«Forse Gin mi ha lasciato».

Finalmente una buona notizia.

«Forse?».

«Forse. Ci siamo già lasciati venticinque volte».

«Venticinque volte. Volete stabilire un record o è il vostro modo di celebrare il Natale?» la guardo. «Devo andare a scuola».

«È meglio se vai da sola, non sono in grado di guidare».

«Vedo bene che non puoi guidare. Sei verde».

Prendo la giacca e mi avvio verso l'uscita con i piedi venticinque volte più pesanti del normale.

Mi grida «In bocca al lupo, sarai grande, avrai amici, ti ameranno tutti, sei la più forte».

Mi sembra un allenatore che mente perché la sua squadra sta per retrocedere. Bugie, come tutto il resto.

Sono fuori e il bus-patibolo sta arrivando.

W LA SCHOOL! BAH

Dal bus scende una signora-uomo e mi chiede il badge. Il badge è un cartellino per l'identificazione personale.

Lo/la guardo smarrita.

Non so se prova pietà, comunque tira fuori dalla tasca del pantalone una lista e mi chiede come mi chiamo. Questo lo so. È facile.

«Mea Barbari».

La signora-uomo miagola il mio nome: lo ha trovato nella lista. Non mi fa piacere. Se non l'avesse trovato sarei restata a casa con la bella compagnia di mia zia ubriaca e il giardino che sarà anche mio.

Mi rassegno e faccio per sedermi. La signora-uomo mi blocca e mi fa capire che ho sbagliato posto. Quello dove mi sto sedendo è il reparto per quelli che frequentano la primary school, io invece devo stare tra gli alunni della secondary school.

"Ecco qua", penso, "mia zia ha sbagliato a iscrivermi. Mica sto al liceo io".

In un inglese che fa ridere, dico la mia età: ho dodici anni, quasi tredici. Poi, sicura che la signora-uomo non ci ha capito un accidente, mi arrangio a indicare numeri di età con le mani. Patetica.

La signora-uomo mi indica un sedile vuoto. Il gesto deciso mi comunica: non fare troppe storie e siediti qua.

Mi siedo. Cooper si mette in piedi vicino a me.

«Perché non ti siedi?» gli chiedo.

«Meglio di no. La signora-uomo non è tanto simpatica. Magari il posto serve ad altri ragazzi quando faremo le altre fermate».

«Già» non sono di buon umore, così divento sgarbata. «Capirai che danno! Mica esisti, tu. Il sedere di un alunno della secondary school ti può benissimo attraversare. I corpi dei fantasmi lo fanno».

«Chiariamo un concetto una volta per tutte». Cooper ha un tono risentito.

«Chiariamo».

«Se continui a ricordarmi la mia inesistenza, scomparirò e non tornerò più. E che diamine! L'immaginazione non può tornare e andarsene a singhiozzo; c'è bisogno di coerenza, di stabilità, di applicazione».

«Scusa, è che ho paura di impazzire, perciò ricordo a noi due che sei solo frutto della mia fantasia».

Cooper cambia idea e si siede al mio fianco.

«Sciocchezze. Si impazzisce per la paura vera, per le botte, per le sevizie, per la miseria senza pane, per malattia, per guasti genetici, per violenze, per predisposizione all'inferno. Non per un amico immaginario. E poi tu non corri questo rischio. Forse lo fanno nel modo sbagliato ma ti vogliono bene. Sei capitata in un posto con buone scuole, vivrai in una casa bella, non hai lasciato amici, hai pure un giardino nuovo. Non ti lamentare e pensa a chi non ha niente».

Metto il muso e incrocio le braccia fin sotto al mento.

Questa tabellina del disagio ora non mi interessa. Perché ho paura, ecco perché. E la paura mia ha un posto d'onore. E poi non so parlare e mi sento sola al mondo. È poca roba? Sì, ma è la poca roba mia.

Comunque.

Cooper capisce e mi prende la mano. Scocciante, ma gentile.

«Non ricordi che abbiamo visto insieme come funziona la scuola di Lontan Town? Forse ti hanno iscritta alla secondary school perché in questo paese la scuola dura un anno in meno rispetto alla nostra. Forse hanno esaminato le tue competenze e hanno capito che sei brava. No, perché brava sei brava. Comunque è inutile disperarsi senza sapere niente, arriverai a scuola e te lo diranno».

«E io non ci capirò niente, perché me lo diranno in inglese».

«Qualcosa capirai. E se non capirai, chiederai di nuovo e poi di nuovo ancora».

«Così mi schiaffano di corsa alla prima primary perché ho evidenti problemi di comprensione».

«E non è quello che vuoi?».

«No».

«Allora hanno fatto bene a iscriverti alla secondary school».

La logica di Cooper mi snerva. Non glielo dico e resto a guardare il verde fuori dal finestrino.

Il bus si ferma ma salgono solo ragazzi della primary school. La mia fila resta vuota.

La signora-uomo mi comunica che impiegheremo mezz'ora per arrivare.

IL CIELO MI ASSISTE UN PO' O È IL PRATO CHE MI ASSISTE UN PO'

Siamo arrivati.

Scendiamo in fila. Io sono l'ultima.

Cooper mi saluta e dice che me la devo cavare da sola e che mi aspetterà nel bus. E grazie.

Devo avere le allucinazioni, perché al centro del viale di ingresso mi pare di vedere una donna-renna con un cestino tappezzato di arance. «Meaaaaaa». Non è un'allucinazione.

«*Scccttt!*» la raggiungo. «Che ci fai qua?».

«Scusa, scusa, scusa. Ma come, non ti

accompagno al tuo primo giorno di scuola? E poi non ti ho dato il pranzo».

«C'è la mensa».

«Ma se il mangiare non ti piace? Sono passata dal fast food e ti ho preso dei panini».

Ancora questo fast food... Devo incominciare a chiarire.

«I panini del fast food non mi piacciono. Ieri ho mangiato per non darti fastidio, ma mi fanno venire il vomito».

Le riconsegno il cestino tappezzato di arance. Zia Ludovica fa una faccia delusa. E pace.

«Hai fatto bene a dirmelo. Vuoi che ti venga a prendere?».

«No, grazie, il bus va bene. Ora vado».

«Ti accompagno fino al portone».

Una quasi tredicenne straniera si avvia verso l'ingresso con una donna-renna, un cestino tappezzato di arance e la voce alta della zia. E io che volevo passare inosservata!

Cammino a testa bassa e quindi non vedo l'edificio grande, il parco intorno e le strutture sportive che si staccano dal fabbricato centrale e se ne stanno in mezzo al prato.

Saluto zia-renna ed entro.

Un signore in tuta mi chiede il badge. Non ce l'ho, gli dico. «Come ti chiami?», «Mea Barbari». Lui prende un altro elenco, più lungo di quello della signora-uomo, e mi trova.

Mi accompagna in un corridoio con un perimetro di armadietti, mi dà una combinazione e mi consegna uno stipo, quasi più grande del mio armadio dei libri della stanza italiana che non è più mia. Mi piace questo fatto, anche se non ho niente da conservare nell'armadietto.

Il signore in tuta non se ne va.

Sta a pochi passi da me e mi guarda. Cosa vuole? Sta aspettando che io chiuda l'anta. Infatti chiudo e lui si avvicina.

Mi dice di seguirlo.

Arriviamo in una sala grandissima con computer, lavagne elettroniche, telefoni – centralini di telefoni anzi – scaffali, libri, tablet.

Mi indica una sedia e se ne va.

Aspetto.

Aspetto.

Non mi dispiace aspettare. Il mio istinto asociale mi dice che finché aspetto non dovrò incontrare compagni di classe. La paura si calma quasi e mi avvicino alla finestra per guardare fuori. Nell'edificio continuano a entrare bambini, ragazzi più o meno della mia età, ragazzi più grandi. Nessuno è vestito da renna, come me. Chi me lo ha fatto fare a mettere addosso tutto questo beige!

La porta a scatto della sala si apre: entrano un uomo-dromedario e una donna-serpente.

L'uomo-dromedario è dromedario ma non per questioni di gobba, piuttosto per questioni di muso. Mastica non so cosa. Ha ciglia esageratamente lunghe per essere un maschio della specie.

La donna-serpente è una specie di tubo magro, con capelli bianchi rasati a spazzolino. Ha un orecchino solo e, messo quasi sulla cima dell'orecchio. Deve essere una "moda serpente".

Chissà chi è il capo?

La donna-serpente attacca in un inglese lento, ma per me ugualmente difficile. Aspira ed espira suoni con una bocca che sembra un mantice.

L'uomo-dromedario tace e mastica.

Che devo fare? Non lo so che devo fare.

Mi siedo di nuovo e aspetto.

L'imbarazzo non mi ha fatto nemmeno dire

buongiorno e alla donna-serpente non è piaciuto. Infatti si avvicina e mi fa:

«Goooood moooorningggggg!».

La erre mi si impiccia e rispondo.

«Good *movving*».

E a questo punto succede il miracolo. L'uomo-dromedario mi consegna il badge e poi si mette a parlare un italiano meridionale con una *sc* più strascicata della mia.

NOVITÀ MA NON TUTTE

Mentre l'uomo-dromedario parla, mi sforzo di capire da quale parte di Italia arriva il suo dialetto. Forse dalla Sicilia o dalla Calabria, o forse dalla Campania.

Se fossi meno timida, potrei chiederglielo, invece me ne sto seduta e zitta ad ascoltare quello che mi dice.

«Benvenuta. Nci stanno differenze cu la scuola tua. Do you understand? Mo' ti dico a te: non terrai una classe sola ma ti dovrai muovere tu per la scuola a cercare le classi della materia che ti importa a te.

Do you understand? Dapprincipio le materie quelle sono e quelle sono: inglese, matematica, storia, geografia, eccetera, poi abbisogna che tu capi in mezzo agli interessi tuoi. Do you understand?».

L'uomo-dromedario parla un italiano appena migliore del mio inglese, comunque capisco abbastanza perché avevamo un parente che era vivo e che parlava più o meno così.

Continua.

«Qua nci stanno possibilità di fare gli sport che vuoi: nuoto, nuoto sincronizzato, pallanuoto, tuffi, atletica, softball, rugby femminile» mi guarda «ammagari il rugby femminile è meglio di no».

Mi viene in mente Alberto.

«Mio fratello gioca a rugby» dico. E mi sembro una bambina di tre anni che fa: "*lallallalla,* io sono piccola ma mio fratello no, *lallallalla*".

L'uomo-dromedario è interessato all'argomento.

«Overo? Alleno io la squadra della scuola. Quanto è alto tuo fratello? Quanto pesa? Quanti anni ha? In che ruolo giuoca?».

«È grosso» sintetizzo.

La donna-serpente soffia frasi in direzione del muso del dromedario. La voce non è calma per niente. Credo che il senso sia "Piantala ché non ho voglia di perdere tempo".

L'uomo-dromedario gonfia la bocca – chissà come fa – ma trattiene lo sputo che starebbe per partire.

Ora è irritato, prende una scheda, la fotocopia e me la dà.

«E qua nci stanno le materie che devi fare e le aule. Per raggiungere le aule seguirai le indicazioni riportate sul foglio. Al secondo trimestre dovrai indicare le materie che sceglierai per il prossimo anno. Tieni preferenze già da mo'?».

Guardo la serpente, poi guardo il dromedario, poi penso al camaleonte, alla tigre e alla renna.

«C'è etologia?» l'etologia studia il comportamento degli animali e, siccome io vedo animali da tutte le parti, tanto vale che mi informo come si deve.

Non capisce.

«Sì, il teatro c'è. Buona scelta».

La serpente mi saluta con una flessione del tubo-collo e si mette a leggere le carte sue: per lei l'incontro è durato pure troppo. L'uomo-dromedario mi accompagna alla porta.

Resto nel corridoio con il foglio in mano a cercare di interpretare la mappa.

Sfrecciano ragazzi di tutte le razze con i piedi sicuri.

I loro piedi sanno dove andare, i miei no. Io mi perdo, mi perdo sempre, non ho orientamento spaziale e temporale. Questo lo disse un medico da cui mi portò mia madre quando mio padre morì. Spiegò che dopo l'incidente di sfortuna di mio padre si erano scassati lo spazio e il tempo e chissà se si sarebbero incollati di nuovo nella mia testa.

Decido per il male minore e busso alla porta da cui sono uscita.

L'uomo-dromedario viene ad aprire.

«Stai ancora qua?».

Ho le lacrime agli occhi ma le caccio a calci nel posto dove devono restare.

«Io mi perdo, mi perdo sempre» confesso l'evidenza.

Ho lezione di inglese. Cominciamo bene.

L'uomo-dromedario mi accompagna attraverso mila e mila strade fino all'aula.

Chiama un ragazzo-canguro, molto stretto sopra e molto largo sotto, e dice in un inglese facile:

«Lei è Mea Barbari, lui è Kan Nguyen. È nuova e non conosce ancora bene la lingua. Kan, tu hai lo stesso orario suo. Quando cambiate aula, dalle una mano. Sono stato chiaro?».

«Ok» dice il ragazzo-canguro. E se ne va.

Me li facevo più cordiali i canguri.

IN CLASSE A STUDIARE INGLESE CON TUTTA LA FORZA CHE HO

Kan mi molla subito e si mette a parlare con un gruppo di ragazze bionde, alte, belle e intelligenti e sante e fate e ben parlanti e tutto quello che non sono io.

Arriva la prof-trampoliere-dalle-ali-rosee, saluta. C'è un'atmosfera di "fai un po' come ti pare". Qualcuno raggiunge la prof-trampoliere-dalle-ali-rosee alla cattedra, altri continuano a parlare, altri ridono.

Capirò in seguito che è una specie di rituale di intrattenimento prima della lezione, quando la prof-trampoliere-dalle-ali-rosee dice: "Bene!" tutti si mettono a sedere nelle sedie-banco.

La prof resta in piedi e posso osservarla. Ha tacchi esagerati, dei trampoli appunto, colore arancione. Il collo lungo fa un'onda all'altezza della carotide, una specie di gozzo gentile. Ha una maglia rosa con la larghezza alare delle maniche alquanto sproporzionata. Dalle maniche-ali spuntano mani affusolate con unghie lunghe smaltate di rosa.

La prof ha una voce che rimbalza su per il collo ed esce fuori come un canto, a volte armonioso a volte meno. Ma devo restare concentrata, il suono non deve distrarmi dalle parole che dice.

La prof-trampoliere-dalle-ali-rosee dichiara che abbiamo cinquanta minuti di tempo per la lezione di oggi che comprenderà... mi distraggo a guardarle le piume della coda. Porca miseria.

Forse lei se ne accorge, perché mi guarda e mi dice in un inglese lento e semplice che dovrò fare progressi se vorrò stare al passo con gli altri. Aggiunge, con il becco a sorriso, che sa che non sarà semplice.

«Cosa ne pensi?» mi fa.

Resto zitta. Mi vergogno troppo di fare andare in giro il mio inglese cattivo.

Eppure, non so perché ma questo fatto non mi abbatte del tutto. Non potrò stare sempre nel mio mondo animale, dovrò imparare a dire almeno qualcosa agli altri.

Così prometto.

Prometto che ce la metterò tutta. Userò tutta la forza che ho per imparare in un trimestre solo i segreti della lingua non mia, ma che dovrà essere mia. Studierò ore e ore, guarderò solo programmi in lingua inglese, ascolterò solo canzoni in lingua inglese. Sono secchiona e lo so fare.

E sai che c'è? Da questo momento preciso penserò anche solo in inglese.

Ma sto esagerando.

Se penso in inglese potrò pensare solo frasi tipo "il gatto sta sul tavolo" e mi scoccio troppo.

Che poi non ho niente da fare.

Almeno studierò. Mio fratello mi cospargerebbe di aglio, tipo "vampiro studioso sgradito".

Quando la lezione finisce (ho capito solo il dieci per cento delle parole dette), la prof mi chiama: vuole parlarmi in privato.

Senza accorgermene, vado da lei imitando il movimento del suo collo ondulante.

«Mi ripeti il tuo nome?».

«Mea *Bavbari*».

«Perché prima non mi hai risposto?».

E niente, inutile mentire. La erre mi impiccia, lo sapevo.

«Mi *vevgognavo tvoppo* di *fave andave* in *givo* il mio inglese cattivo».

Glielo dico in un inglese cattivo, naturalmente, ma lei capisce e si mette a ridere.

«Hai una erre carina».

Carina?

«D'ora in poi noi due comunicheremo sempre davanti a tutta la classe. Ti serve. Avrai un compito individuale: dovrai imparare cinque canzoni dei Beatles. Una alla volta, per le prossime cinque lezioni. Poi si vedrà».

«Dei Beatles?».

«Sì, ho formazione vecchia. Ah, dovrai cantarle o recitarle, come preferisci, davanti alla classe».

Il tradimento del trampoliere!

Mi eri piaciuta, cara prof-trampoliere-dalle-ali-rosee e ora mi tradisci. Perché? Perché non può continuarmi a piacere un trampoliere per più di un'ora? Perché sono sola al mondo?

Queste lamentazioni mi disgustano, sanno di patatine unte di fast food.

Il danno dei Beatles resta.

Magari per la prossima lezione di inglese sarò morta.

GIORNATA LUNGA, TROPPO LUNGA

Mi trattengo a parlare con la trampoliera e Kan se ne va. Non mi aspetta. Ora come faccio a trovare l'altra aula? Prendo il foglio con le indicazioni che mi ha dato il dromedario e me lo studio. Niente da fare, non ci capisco niente.

Eppure la mappa è ben disegnata con le sue righe in bianco e nero. Il guaio sono io.

Mi avvio lo stesso. Vorrei essere un'ape.

Le api hanno un senso dell'orientamento fortissimo. Anche se si trovano in un giardino lontano sanno tornare a casa. Loro. Già, ma l'aula dove devo andare non è casa mia e nemmeno un alveare.

Fa niente se non sono un'ape.

Per farmi compagnia immagino di essere in un giardino con i fiori. Un fiore di qua, uno di là. Bella roba. Mentre penso alle solite scemenze mie, il tempo passa. Non raggiungerò l'aula in orario.

Mentre spreco il tempo di fiore in fiore, mi imbatto nell'uomo-dromedario.

«Che nci fai tu qua? Non dovresti essere a lezione?» Bella domanda. «Kan no ti ha portato con lui? Vieni cu me, ti nci porto io. Kan mi sentirà».

Oh guaio nel guaio! Adesso l'uomo-dromedario se la prenderà con il Kan-canguro e lui passerà dall'indifferenza nei miei confronti al disprezzo.

Arriviamo all'aula di matematica, che poi non è tanto distante da dove ero. Ma perché sono così imbranata?

L'uomo-dromedario sussurra all'orecchio del Kan-canguro parole poco gentili e se ne va. Kan-canguro passa davanti al mio banco-sedia e sussurra una parolaccia. Le parolacce le conosco tutte, peccato che nelle canzoni dei Beatles non ci siano, almeno sarei avvantaggiata.

E pazienza.

Con la matematica va meglio che con l'inglese. Benedico con tutto il cuore l'alveare dei numeri, ché quello è e quello è in tutte le lingue del mondo.

Il prof di matematica è un tasso: cicciotto, gambe corte, occhi miti e due strisce di capelli neri ai lati del bianco degli altri capelli.

«Resta al posto e rispondi alle mie domande» mi dice.

Non capisco e mi avvio verso la cattedra. I ragazzi ridono, Kan-canguro picchietta l'indice contro la tempia. I ragazzi ridono di più.

Rispondo a tutte le domande del prof-tasso.

Vado come una scheggia. Ve lo faccio vedere io se sono picchiata oppure no! Mai stata tanto felice di essere una secchiona.

Ma Kan non vuole perdere. Picchietta di nuovo l'indice contro la tempia e dice:

«È una scienziata pazza».

Fingo di non sentirlo. Il prof-talpa invece non la prende bene e fa una predica a sprofondo contro l'emarginazione dei ragazzi nuovi che ne sanno più di Kan.

Il disprezzo di Kan nei miei confronti diventa odio. Un buon risultato: le circostanze hanno peggiorato in meno di due ore i sentimenti di chi dovrebbe accompagnarmi di fiore in fiore e cioè di aula in aula.

Infatti Kan si vendica. Appena finisce matematica mi aspetta con un sorriso falso e mi accompagna lontano, davanti a un'aula. Poi scappa via. Apro la porta e mi ritrovo nel magazzino dei detersivi. E nei dintorni non c'è nemmeno il dromedario a salvarmi.

La giornata finisce male: a mensa sono arrivata in ritardo; torno sul bus e sono stremata, non ho mangiato niente.

Cooper mi aspetta, guarda la mia faccia beige e ha il buon gusto di non chiedermi com'è andata.

Zia Ludovica dorme sul divano. Mi sembra più ubriaca di quando le ho restituito il cestino tappezzato di arance.

Apro il frigo, preparo il pane con il burro freddo, prendo una merenda al cioccolato e una bottiglia d'acqua. Infilo tutto nel cestino tappezzato di arance e me ne vado fuori a cercare pace e prato.

Così non posso durare molto. Ora mi riposo, prendo forze e vado a svegliare zia Ludovica.

Bisogna sistemare due o tre cose. Incomincerò da lei.

ANCHE IL CORAGGIO SI PUÒ IMMAGINARE

Sono coraggiosa? Non credo. Mi piacerebbe stare comoda in giorni comodi. Sarei volentieri un bradipo. Ecco, forse un bradipo mi somiglia più di un'ape. O meglio, somiglio più a un bradipo che a un'ape. Sì, si dice così.

È perfettamente inutile stare qui a riflettere su come si dice meglio in italiano un pensiero, se devo imparare un'altra lingua in breve tempo e in brevissimo tempo cinque canzoni dei Beatles.

A volte spreco il tempo. Altro che bradipo! Sono una cicala d'estate.

Ma tempo non ne ho.

Prendo il tablet e mi documento sulle ubriacature moleste. Accidenti.

Devo fare capire a zia Ludovica che se continuiamo così, con lei ubriaca e delusa d'amore, non arriviamo vive alla data in cui piomberanno qui mamma-colibrì e fratello-San Bernardo. E poi lei deve trovare un lavoro. Dettaglio non da poco.

Pulisco la cucina delle poche briciole che ho lasciato e la sveglio.

«Zia Ludovica!».

Cerca di abbracciarmi.

«Oh, Gin, sei tornato».

«Sono Mea. Di gin e Gin ne hai già abbastanza».

Si solleva su un gomito e cerca di aprire un occhio solo. Per aprire entrambi le servono troppe forze, che al momento non ha.

Ricomincia con uno sproloquio sui sensi di colpa che prova per me, per lei, per il mondo tutto. Poi piange.

«Alt! Non ci siamo, zia Ludovica. Questa ossessione della colpa è meglio che la eviti.

Altrimenti per dimenticarla hai bisogno di altro alcol e così via».

Mi dà ragione, mentre le scendono lacrime silenziose e parecchio grosse.

"E no, bella mia" penso, "non mi devi fregare con il tuo dolore. Non mi ci devi tirare dentro se no affoghiamo tutte e due".

Le dico che da oggi non deve bere più. Che deve cercare un lavoro. Che non deve pensare più a Gin e nemmeno al gin.

È un piano presuntuoso ma tanto vale fare progetti in grande stile, giacché quelli normali sono miseramente falliti.

Zia-renna scoppia in un pianto rumoroso che mi fa meno pena del pianto zitto.

Vorrei urlare "sono io quella che ha bisogno di aiuto! Sono io quella scaraventata in un mondo nuovo! È mai possibile che le mie ansie vengano sempre dopo dolori più grandi di altri? Quando arriva il turno mio per preoccuparmi in santa pace?".

Invece non urlo. Invece parlo.

Ma la mia voce ha qualcosa di diverso, perché ho deciso che, d'ora in poi, parlerò in inglese con zia-renna e lei mi farà pure la cortesia di correggermi quando sbaglio. Siccome conosco poche parole, il tono con cui glielo spiego prende un'aria striminzita e del comando.

Lei fa sì con la testa. Ha capito.

Posso continuare. Le parole che dico in mezzo inglese e in mezzo italiano hanno su per giù questo suono:

«Ora tu lavi in doccia. Poi svuoti nel lavandino liquori. Poi cerchiamo annunci di lavoro (annunci lo dico in italiano perché non so come si dica in inglese). E poi cuciniamo, ché non piace mai più altro pane e burro».

Zia Ludovica torna dalla doccia con una faccia più presentabile. Finalmente.

Comincia la caccia al tesoro delle bottiglie. Ce ne sono ovunque, nei posti più impensati. Con tutto questo alcol si potrebbe avviare un treno a vapore di spirito.

Lo avvieremo il treno nostro, non ho altre possibilità.

Pure il coraggio si può immaginare, come gli animali, l'erba e tutto il resto. Si può immaginare e fare finta che c'è.

Le bottiglie vuote vanno messe nel bidone del

vetro. Con una rabbia che non so di avere, ne scaravento una così forte ma così forte che ne rompo tre in un colpo solo. Mi piace. Sorrido. Ziarenna mi copia e ne rompe altre quattro.

Torniamo in cucina a preparare un po' di pasta e quel che c'è. Anche qui le do comandi secchi, in inglese. Ma vuoi vedere che 'sta cosa funziona?

Aspettiamo che l'acqua bolle e zia Ludovica trova del buonsenso che chissà dove aveva lasciato.

«Devo andare dagli alcolisti anonimi. Da sola non ce la faccio. Ho già provato altre volte e non ci sono riuscita».

«Dove sono alcolisti anonimi?» chiedo, sempre nel mio inglese essenziale.

«C'è un centro nel quartiere *xy* di Lontan Town».

«Perfetto. A *xy* troveremo anche un lavoro, ché qua, ho capito, le distanze sono molto grandi». Mi corregge, ho pronunciato male *capito*. «Così fai due cose buone nello stesso posto».

Mangiamo con il tablet acceso per trovare lavoro.

NON C'È TEMPO DA PERDERE

Abbiamo appena finito due piatti di pasta al burro (odierò il burro per il resto della mia vita) e una brocca di tè verde. Zia Ludovica non riesce a bere acqua assoluta e nemmeno a stare zitta.

Infatti per tutta la durata della pasta al burro racconta. Mi dice dei suoi amori scombinati, dei lavori perduti e della dipendenza dall'alcol.

«Da quanto bevi tanto?».

«Da quando ho incontrato Gin».

Rido.

«Perché ridi?».

«Dire che bevi da quando hai incontrato Gin fa ridere. E quando lo hai incontrato?».

«A me non mi fa ridere per niente».

Invece ride pure lei.

Che poi, quando zia-renna ride diventa simpatica, il palco delle corna-capelli vibra e gli occhietti diventano sottili e vispi.

Poi ridiventa seria e mi dice a bruciapelo:

«Ti voglio bene, Mea. Forse con te ce la faccio. Ti voglio anche il bene che volevo a mio fratello, tuo padre». Ahi... «Gli somigli. Anche lui voleva riparare le cose. Quando eravamo bambini aggiustava i giocattoli che rompevo; era bravissimo. Te l'ho mai raccontato? A scuola potrai seguire i corsi di manualità. Sceglierai una tecnica che ti piace. Sarai la più brava. Vedrai, ce la faremo. Sono solo un po' preoccupata... voglio che tu abbia amici della tua età... voglio che tu sia felice».

E sì, ora ci mettiamo anche a perdere tempo con i problemi inutili! E invece non c'è tempo da perdere, così risolvo.

«Ce l'ho già un amico. Ho Cooper».

«Ma è splendido! Com'è? È carino? Quanti anni ha? Perché non me lo hai detto prima?».

«E quando? Nelle ultime ore è il primo momento in cui non sei ubriaca».

«Scusami».

Le parlo in italiano perché voglio essere chiara.

«E piantala di chiedermi scusa. Non sono così altruista. Dalla tua riuscita dipende anche la mia sopravvivenza in questo altro mondo. Ti ho chiesto da quanto bevi».

«Un anno così, prima ogni tanto».

«Ti do tre mesi di tempo. Non un giorno di più. Lo stesso tempo che mi do per conoscere bene l'inglese. E ora cerchiamo il numero di telefono degli alcolisti anonimi e pure il numero di telefono di qualche lavoro confinante».

«Dovrò prima riprendermi».

«Farai due cose insieme».

«E poi mi racconterai tutto di Cooper».

«Sì, poi. Tanto è difficile che scappa».

«È già innamorato?».

«Uh, hai voglia. Ora pensiamo al centro e agli annunci».

Zia Ludovica telefona al centro A.A., si chiama così in tutto il mondo. Toh, guarda dove trovo un'altra similitudine! Le dicono che può andare quando vuole, che è possibile garantire l'anonimato. Zia Ludovica proclama che no, che lei fa tutto alla luce del sole e invece dà un altro nome: Natalia Reindeer. Cominciamo bene. Ma per ora non me ne voglio occupare, la cosa più importante è che partecipi alle riunioni, poi si vedrà.

«Quale nome hai dato?».

«Natalia Reindeer. Se fossi un animale vorrei essere una renna».

Oh, santo cielo! A volte ho il dubbio che la mia immaginazione pieghi la realtà. Non può essere vero. Coincidenze.

Continuo a cercare un lavoro possibile nel quartiere *xy* di Lontan Town.

«Ecco, l'ho trovato!».

Zia Natalia-renna sbircia il tablet.

«Ma è un lavoro da cassiera di supermercato!».

«E che volevi fare l'ambasciatrice delle renne? È un lavoro ottimo, turni di sei ore alle casse. Pensa, per sei ore avrai un compito facile e starai lontana dal bere. E magari la smetteremo pure di mangiare burro. Guarda, gli orari di lavoro ti lasciano il tempo per seguire gli A.A., insomma l'ideale. Telefona».

«Si guadagna poco».

«Ora non guadagni niente! Appena stai meglio, cerchiamo qualcosa che ti piaccia di più. Telefona. E vedi di convincerli».

«Lo faccio solo per te».

"Fallo per chi ti pare, ma fallo". Lo penso ma non glielo dico. Non vorrei disturbarle l'alibi.

Caspita, che parlantina! Per una che compra solo burro sa dare risposte alimentari. Bene. In diretta zia Ludovica invia la mail con il curriculum e l'addetta alle assunzioni le dà appuntamento per domani. Forse abbiamo uno stipendio, anche se piccolo.

Mentre invia la mail do uno sguardo ai titoli e alle esperienze di lavoro. Quanta roba, forse potrebbe fare davvero l'ambasciatrice delle renne.

Me ne vado in camera ma la giornata non è finita. Scelgo di imparare a memoria *Yellow submarine*. Ha lo stesso ritornello detto e ridetto: sembra facile.

Comincio.

Yellow submarine,
Yellow submarine,
We all live in a yellow submarine,
Yellow submarine,
Yellow submarine.

We all live in a yellow submarine… Noi tutti viviamo in un sottomarino giallo.

Io vivo in un sottomarino giallo whiskey, in un altro mondo con una zia-renna beige.

Così, giusto per complicarmi le cose.

A NOI DUE, KAN CANGURO

Mi alzo e canto *Yellow submarine*.

Mi affaccio a vedere se il prato è restato dov'è e canto *Yellow submarine*.

Scendo in cucina e canto *Yellow submarine*.

Kan-canguro te la dovrai vedere con me!

E pure la prof di inglese se la dovrà vedere con me e con *Yellow submarine*.

E pure i corridoi dove mi perdo se la dovranno vedere con me.

E pure il gin se la dovrà vedere con me e pure…

Sto esagerando.

Miracolo. Zia Ludovica è in piedi, vestita da renna in tailleur e ha già preparato la colazione.

«Sai cucinare!». È il mio saluto.

«Certo che so cucinare».

Ha delle occhiaie tipo burroni, i capelli-corna più imbizzarriti del solito, un'aria afflitta e l'umore di una lumaca a cui hanno appena calpestato il guscio. A posto.

Decido di ignorare questi piccoli segnali. Mangio il pancake. Buono. Certo sarebbe meglio con meno sale e più zucchero, ma buono lo stesso. Ho deciso che va bene tutto, che va tutto bene. Così il "tutto male" magari se ne va.

«Sei bravissima. Bra-vis-si-ma». Oggi ha l'appuntamento di lavoro, devo gasarla.

«Non sono bra-vis-si-ma, ma fa niente. Ti accompagno io a scuola, ho già avvisato il bus».

«E come ti ha risposto il bus? *Wroom wroom*, va bene... Ahahahaha!».

«Non fa ridere».

«Eh, lo so che non fa ridere, ma forse se mi alleno con battute mediocri, poi miglioro».

«Che ti è preso, Mea? Ti preferisco vomitante invece che superbamente ottimista».

«L'hai voluta tu. Offendi? E allora ti becchi *Yellow submarine*». Comincio a cantare.

«La pronuncia non va bene, Mea».

«E aiutami tu, allora».

Zia-renna mi aggiusta tutte le parole della canzone. Caspita, non ho beccato quasi mai la pronuncia giusta.

Si accalora, spiega, mi dice come devo far sbattere la lingua sotto il palato, come devo mettere il muso, come devo aspirare, espirare, sputacchiare.

Leva la giacca del tailleur e gesticola: così no, così sì, ci sei quasi.

Poi si blocca.

«Scusa, ma perché devi imparare proprio *Yellow submarine*?».

«Me lo ha detto la prof. Devo imparare cinque canzoni dei Beatles, *Yellow submarine* l'ho scelta io per questione di facilità».

«E una canzone più contemporanea che piaccia a Cooper, no?» mi strizza l'occhio. Santo cielo.

«Non preoccuparti, a Cooper piace quello che sta bene a me».

«A questo buon punto siete?» pare contenta. E

siccome pare contenta, le allestisco una serie di palle che ho vergogna di riportare.

Poi cambio discorso.

«Ti dispiace accompagnarmi a scuola un'ora prima?».

«E perché?».

«Devo tracciare una mappa per trovare le aule».

«Tu sei strana forte». Chissà da dove le viene una suggestione che capisco bene «Che animale saresti se fossi un animale?» mi chiede.

Io e zia Ludovica ci somigliamo. La cosa mi preoccupa. Per dire meglio: una parte di me alquanto scombinata somiglia a una parte di zia Ludovica alquanto scombinata. La cosa mi preoccupa lo stesso.

«Che animale sarei... Tu non ci crederai, ma me lo chiedo spesso. Non lo so. Ogni tanto mi pare di capirlo, poi dico no, non è così, sono anche una tartaruga, per esempio, sono anche una lepre, sono un bradipo, una scimmia».

Zia Ludovica fa un'aria seria.

«Ci vuole tempo per capirlo. Io l'ho capito da grande, un po' di tempo fa, poi l'ho dimenticato.

Avevo deciso che sono una renna perché è selvatica però è anche domestica, perché la sua carne è commestibile, perché corre in branco ma ogni tanto corre anche in solitudine, perché Babbo Natale ogni tanto le attacca il giogo. Lui porta i regali e alla renna tocca portare la slitta. Quindi può sembrare che abbia un ruolo minore ma non è così. Perché senza slitta non ci sarebbero i regali».

«Non mi pare un documentario di International Geographic Channel».

«Sai, avevi ragione, questa considerazione già fa ridere di più della risposta del bus *wrromm*... Se vuoi arrivare un'ora prima a scuola, dobbiamo sbrigarci».

Entriamo in macchina e appena raggiungiamo la strada larga, zia Ludovica armeggia con l'MP3 e le casse della radio.

«Sei pronta?».

«Sì, anche se non so per cosa».

Zia-renna-domestica-selvatica preme play e parte *Yellow submarine*. La cantiamo stonando, urlando e ridendo, con i finestrini in faccia e il vento che scuote corna e capelli.

MAPPE, CARTINE, PERCORSI. VERITÀ, MEZZE VERITÀ, FETTE DI VERITÀ

Sono a scuola. Saluto zia Ludovica con un tono imbalsamato. E se fossi un animale ma imbalsamato? Meglio lasciare perdere.

«Zia, mi raccomando, fai un buon colloquio di lavoro. Lo stipendio ci serve e secondo me ti serve anche un impegno quotidiano. Può aiutarti. Se chiama Gin, non rispondere. Se ti chiama il gin, nemmeno. Ci vediamo a casa».

«D'accordo, mamma Mea. A proposito: ieri ho sentito tua madre, dice che ti chiama poco perché così ti abitui al distacco».

«I criteri educativi di mia madre potrebbero guastare generazioni».

«Non essere troppo severa. Se faccio in tempo, passo a prenderti».

«Sì, sempre se non resto a scuola perché non so trovare l'uscita».

Zia Ludovica abbassa di nuovo il finestrino.

«Ogni tanto l'ottimismo finto conservalo anche per te. Magari migliora, come le battute».

Sorrido.

Accidenti, zia-renna non è proprio male quando è sobria e capisce tante cose. Forse ha le corna prensili per i sentimenti degli altri.

Il custode mi guarda con un'aria interrogativa che dice "che ci fai tu già qua?".

Mostro il badge che mi hanno consegnato.

Il custode guarda il badge, guarda me e non apre. Indica il polso dove dovrebbe essere un orologio che non c'è.

Bene, considero che *Yellow submarine* in questo momento non mi serve, ma che devo trovare altre parole che mi diano la possibilità di entrare.

Comincio. Malissimo ma comincio.

«Buongiorno. Io sono Mea Baroni. Sono nuova questa scuola. Io non parlo bene, scusa». Apre uno spiraglio. Ricomincio. Magari non mi ha nemmeno sentito. «Buongiorno. Io sono Mea Baroni. Sono nuova questa scuola. Io non parlo bene, scusa. Vorrei entrare per fare amicizia con il corridoio».

Ecco, ora chiude di nuovo ma io non lo so come si dice in inglese "vorrei familiarizzare con lo spazio scolastico". Che poi è una verità senza la fetta principale, la quale è: "mio caro custode, dopo che mio padre è morto per incidente di sfortuna, ho perso le capacità spazio temporali cronologiche e roba simile (ho anche il parere di un medico a riguardo), perciò mi perdo e ci faccio una figura bruttissima a perdermi e mi viene l'ansia e più mi viene l'ansia e più mi perdo e così via. Quindi ora tu dovresti aprire questa maledettissima porta e mi dovresti fare entrare, perché devo trovare il modo di imparare la stramaledettissima strada per arrivare in tempo nelle differenti aule ché non ne bastava una sola, no! Porchissima miseria".

Mi arriva la distrazione. Sempre così quando l'agitazione sale troppo. Mi distraggo col pensiero della miseria. Questa non ha l'imbarazzo della scelta. Non si domanda: Quale animale sarò? Non ha questo problema, in quanto essa – la miseria – è porca dalla nascita.

Il custode apre la porta. Incredibile.

«Non ho capito niente» mi dice.

Ah, ecco.

Va bene, riproviamo. Aggiungo una fettina di verità alla verità di prima.

«Buongiorno. Io sono Mea Baroni. Sono nuova questa scuola. Non conosco la strada per le aule. Voglio impararla».

Il custode capisce qualcosa.

«Puoi entrare, ti accompagno io e ti mostro le aule».

Come la fa facile. Mi accompagnerà, mi dirà questa è l'aula 345, questa è la 789, eccetera. Qua si fa inglese, qua si fa matematica, eccetera. Ma non mi basta! E pazienza, meglio di niente.

Seguo il custode nel pellegrinaggio inutile. A fine gita, mi riaccompagna fuori, dicendo che devo rispettare l'orario di entrata e mi consegna una piantina che già ho. La guardo, guardo il custode.

«Grazie, ho già. La mia piantina è bianco e nero».

«Male, questa è la cartina giusta, vedi? Le aule sono contrassegnate da un colore: dallo snodo centrale da cui partono i corridoi si può seguire la striscia sul muro dello stesso colore delle aule».

«Cioè trovo aula se seguo colore sul muro?».

«Esatto».

E perché non me l'hanno detto prima? Sadici.

Comunque ora posso farcela. Sììì, posso farcela. Non lo dico al custode ma gioisco visibilmente e lo ringrazio mila e mila volte.

Mi siedo su una panchina e canto *Yellow submarine*.

È facile trovarlo il "submarine", basta seguire la linea gialla.

QUANDO TUTTO FILA LISCIO. È ALLORA CHE BISOGNA PREOCCUPARSI

Trovo l'aula di inglese in meno di sei minuti. Record spaziale. Posso rilassarmi perché abbiamo due ore di fila, quindi per due ore non devo seguire nessuna linea colorata. *Magic moment*.

Mi siedo davanti. In quanto asociale, non sono qui per socializzare e tanto vale che segua bene la lezione della prof-trampoliere-dalle-ali-rosee.

Kan-canguro entra in classe con un gruppo di amici. Tre ragazze si avvicinano e mi salutano. Strano. Poi capisco che mi hanno salutato per tornare al gruppo e ripetere il mio saluto dall'accento sbagliato. E ridere.

Va bene, poca roba.

In Italia la situazione in classe non era tanto diversa. Là mi prendevano in giro per la erre sbagliata e per la *sc*.

Si possono trovare similitudini anche nelle cose di fastidio. Andiamo avanti.

Una ragazza viene a sedersi di fianco a me. Occupa molto spazio in quanto grassa. È la ragazza più ingombrante che abbia mai incontrato. Riesce a stento a muoversi e non può abbassare il piano della sedia-banco, non c'entra.

Eppure per me non è un ippopotamo o un elefante o una balena, no. Per me lei è una... cavia. Ha i denti in fuori e i capelli rosso-ramato-cavia. I denti si vedono bene perché ha l'affanno e così le resta la bocca aperta: forma un ovale, con i ganci dei denti che sporgono.

La cavia non dice una parola, niente. Non pare che non mi parli per scortesia: mi sembra separata dal mondo. Avrà i suoi buoni motivi. Forse il suo corpo è il suo giardino, è un orizzonte invalicabile, è un freno, è un rifugio. Sto esagerando. Che ne so io cos'è?

Comunque.

Ne approfitto. Approfitto del corpo grande della cavia, dico. C'è posto anche per me, per nascondermi. Da un lato ho il muro, dall'altro la cavia. Se sul davanti ci fosse un solco con alcuni coccodrilli, anche piccoli, sarei al sicuro.

Mi sento così semiprotetta che mi viene sonno. Sale un sonno dolce e sto quasi per cedergli.

La prof-trampoliere-dalle-ali-rosee mi fa cambiare idea prontamente.

«Mea Baroni!».

«Sì».

Rispondo. Meglio limitare i danni.

«A fine lezione ci canterai la prima canzone dei Beatles».

Bastarda. Aveva detto che avrei potuto anche solo dirla. Il gruppetto Kan-canguro fa la ola. Avranno di cosa divertirsi. La cavia gira la testa verso di me per qualche secondo, ma sono certa che non mi vede. Il raggio degli occhi si ferma prima.

Due ore a ripassare in mente *Yellow submarine*.

Due ore diviso circa due minuti, tempo utile per cantarla.

Due ore a ricordare zia Ludovica che mi corregge (grazie zia-renna. Ti sarò grata per l'eternità).

Due ore a pensare "poi passa". Succede il brutto, poi succede il bello, poi passa, inesorabilmente passa. Passa il brutto, passa il bello. Che passasse in fretta anche stavolta.

Arriva il momento.

Paura.

La prof-trampoliere-dalle-ali-rosee mi chiama alla cattedra.

«Preferisco cantare da qua» sussurro.

Guardo con occhi disperati la cavia.

"Ti prego, aiutami, gonfiati, nascondimi".

La cavia stende un braccio che peserà trenta chili, le dita sembrano attaccate al braccio in assenza di polso e di mano. Mi tocca con la punta delle dita.

Mi tocca e basta. Continua a non guardarmi. La bacerei.

Attacco con voce da oltretomba.

«*In the town where I was born*».

Pausa.

«*Lived a man who sailed the sea*».

Pausa.

«*And he told us of his life in the land of submarine*».

Pausa.

«*So we sailed up to the sun till we found the sea of green*».

Pausa.

«*And we lived beneath the waves in our yellow submarine*».

Fin qua più o meno va.

Prendo coraggio. Alzo di poco la voce. Mi avvio per il ritornello.

Succede il guaio.

Stecco, sbaglio tutto e mi blocco.

Bene, ho perso.

Kan-canguro dà il via a coretti da stadio.

Vorrei piangere, ma in questo sono allenata. So piangere molto bene in mente, io.

La cavia si alza a stento, fa cadere la sedia-banco in cui sta per rimanere bloccata, si gira verso il gruppetto malevolo e dice uno *Scccthhhh* che suona come un fischio prolungato.

Poi si incastra di nuovo nella sedia-banco.

La prof-trampoliere-dalle-ali-rosee non dà tempo ai malevoli di reagire.

«Kan, alla prossima lezione canterai una canzone italiana. Sono generosa: ti do la possibilità di scegliere cantante e canzone. È tutto per oggi».

SCIENZE. QUESTA LA SO

Ora mi toccherà trovare l'aula di scienze.

Io e la cavia siamo le ultime a uscire dall'aula di inglese. Vorrei ringraziare la cavia, dirle che è stata gentile a fare quel fischio *Sccctthhhh* nel momento cruciale ma sono sfinita e la bocca resta chiusa.

Sono un'ameba. Ecco forse sono un animale ameba anche se non so se un protozoo può essere considerato un animale vero e proprio.

La cavia si gira, mi sorride con la bocca ovale che si stende diventando un cerchio.

«Mavia Queen» scandisce le sillabe come se fossi sorda. «My name is Mavia Queen. I come from Ecuador».

Non è possibile. Già non è possibile che mi parla ma poi quello che mi dice mi lascia interdetta: Mavia è quasi uguale a Cavia e lei proviene dall'Ecuador e le cavie provengono dall'Ecuador. Santo cielo.

Ma vuoi vedere che sono vittima di un incantesimo? Tra poco un Mago uscirà dai bagni dei prof con uno scopino in mano e mi dirà, prima di scomparire di nuovo nel lavandino: "Fai attenzione, Mea, ogni pensiero di immaginazione che farai continuerà a trasformarsi in realtà".

Scherzi a parte, devo fare attenzione, non devo immaginare più. Mai più. Oppure... penso a Mavia con cinquanta chili in meno. Magari funziona.

Le dico che mi chiamo Mea *Bavbavi* (lo stress non mi è ancora finito). Lei mi corregge.

«Barbari» poi ride. Ride col fischio. Incredibile. «Seguimi».

A. Considerazione teorica

Ora che ho capito il fatto dei colori e come,

seguendo i colori, posso trovare le aule, ecco che spunta una cavia gigante e molto gentile che mi accompagna all'aula.

B. Riflessione sulla considerazione teorica

La vita si diverte a metterti alla prova e appena trovi una soluzione dopo lo sbattimento, ti fa capire che hai superato l'esame e che a questo punto può aiutarti anche lei.

C. Riflessione che non c'entra niente

L'immaginazione mia è pericolosa. Il Mago non esiste, ma chissà, forse devo fare attenzione lo stesso, ché posso fare danni. L'immaginazione è pericolosa anche perché mi fisso e trovo solo somiglianze con quello che ho immaginato e ignoro tutto il resto che non ho immaginato e che c'è. A volte penso di essere proprio sola dentro la mia immaginazione. Bene. Ma non riesco a farne a meno, perché è l'unica cosa al mondo che mi fa sentire libera. Amen.

Io e Mavia ci mettiamo sedute vicine, anzi ci mettiamo in piedi vicine, perché i banchi dell'aula di scienze sono ripiani alti, pieni di ogni ben di dio. A me le scienze piacciono molto, forse più della matematica, e resto incantata davanti a tutti questi aggeggi bellissimi.

Mavia non è molto contenta, non ce la fa a stare tanto tempo in piedi. Ci vorrebbe uno sgabello ma non ne vedo.

Entra un professore picchio-con-ciuffo-rosso-e-barbetta-nero-grigia. È agile, scattante e svolazza. Mi pare un picchio veloce. Porta una scatola grossa di cartone, la appoggia sul ripiano a fianco alla finestra. Ha fretta, pare eccitato da qualcosa, forse dalla scienza, non so.

Mi dice «Ciao, Mea Barbari» e con questo mi fa capire che già sa chi sono, sa che sono nuova, sa che vengo dall'Italia. In cuor mio lo ringrazio per avermi evitato lo strazio delle presentazioni, ché dopo *Yellow submarine* non ce la faccio.

Sempre di fretta, il professore-picchio-con-ciuffo-rosso-e-barbetta-nero-grigia piazza su ogni banco una scatolina di cartone che prende dalla scatola madre.

Ci dice di maneggiarle con cura perché, all'interno delle scatoline, ci sono esseri vivi che dobbiamo trattare bene. Chi ammazza gli esseri vivi prenderà di sicuro E, che è la valutazione più bassa o più probabilmente nulla.

Mavia mi guarda e mi guarda davvero; i suoi occhi non sono felici.

"Stai tranquilla" le rispondo con gli occhi "gli animali sono articolo mio. So come si trattano e fin da microba piccola ho studiato chi sono, cosa fanno, cosa mangiano, il loro habitat".

Decido di azzardare il mio inglese imperfetto.

«Gli animali sono innocenti. Gli animali sono miei amici».

Mavia si tranquillizza ma continua a fissare la scatolina.

Il professore-picchio-con-ciuffo-rosso-e-barbetta-nero-grigia chiede la nostra attenzione.

«Adesso solleverete il coperchio della scatolina e al suo posto metterete la vostra mano. Il contatto con l'oggetto di studio è molto importante. Dovete familiarizzare, rendervi partecipi all'osservazione. Non dovete avere paura, perché nessun animale della scatolina è velenoso o aggressivo. Tranne uno» ride, si sganascia. «Sto scherzando, niente vedove nere».

Di tutte le parole che dice capisco solo vedova nera, *black widow spider*, ma capisco lo stesso perché il prof-picchio ha illustrato i movimenti aiutandosi con una scatolina piccola e vuota.

Il prof-picchio-con-ciuffo-rosso-e-barbetta-nero-grigia alza la voce.

«Allora, al mio tre levate il coperchio e sostituitelo con la mano. Uno, due e…».

I GUAI E LA FELICITÀ

«… tre!».

Mentre sostituisco il coperchio della scatolina con la mano e sento un leggero prurito sul palmo, succede l'inferno.

E tutti si *infernizzano*.

Si *infernizzano* i ragazzi che non sono riusciti a tenere la mano sulla scatola per lo schifo.

Si *infernizzano* quelli che invece ci sono riusciti ma che ora corrono nel laboratorio-aula con le braccia tese per tenere la scatolina il più lontano possibile dal corpo.

Si *infernizzano* i piedi saltellanti che cercano di evitare gli insetti che, senza coperchio e senza mano, hanno trovato una via di libertà e saltano, volano, vanno dove gli pare.

Sono l'unica che è rimasta in piedi, a posto davanti al banco alto. Io e Mavia, che siamo un corpo solo. Infatti lei non mi molla di un centimetro, perché mi ritiene un'ancora nella situazione presente.

Il prof-picchio-con-ciuffo-rosso-e-barbetta-nero-grigia urla con intervalli ritmici: «*Do Not Kill! Do Not Kill! Do Not Kill!*». Non uccideteli.

E qua entro in scena io.

Lo so, sono un guaio, non so socializzare, ho fantasia purulenta, non conosco l'inglese, i Beatles mi odiano, anche i compagni non mi sopportano tanto, tranne Mavia.

Lo so, ho una madre ossessiva con manie dell'estero, una zia-renna simpatica ma fissata con Gin e gin, un padre morto per incidente di sfortuna, un fratello che pare la copia conforme di mia madre e non mi vuole sempre bene.

Lo so, non so fare molto nella vita ma in una cosa sono campionessa *indoor*: avere a che fare con le bestie. Sbircio tra le dita per vedere che insetto nasconde la scatola. È una falena nera, le ali mi carezzano le dita. Bella. Con cura metto il coperchio sulla scatola.

Poi prendo il comando.

«Mavia, raccogli le scatole e i coperchi che hanno buttato via, mettili sul banco nostro e prestami il foulard. Voi» urlo a tutti «in piedi sugli altri banchi!».

Faccio errori tipo dire tavoli invece di banchi e altri pure, ma mi capiscono.

E lo so pure perché mi capiscono. Perché nei momenti di caos fa comodo che qualcuno decida per te. Inoltre tutti vogliono che gli insetti tornino a casa.

Il prof-picchio-con-ciuffo-rosso-e-barbetta-nero-grigia è d'accordo con le mie intenzioni e aiuta Mavia a raccogliere scatole e coperchi. Meno male, perché Mavia non è proprio agilissima.

Comincio ad acchiappare gli insetti. So farlo, modestamente. Un'amica di Kan-canguro quasi sviene quando mi vede districare dal foulard, che ho usato come rete da pesca, uno scarafaggio che non ne vuole sapere di tornare nella scatola.

«Non svenire che ammacchi lo stercorario!» le dico in italiano. Capisce lo stesso. Ma tu guarda!

Mavia scioglie il corpo dall'impaccio e nell'emergenza fa un lavoro ottimo, il prof-picchio quasi vola. D'altra parte è un picchio.

Riusciamo a recuperare quasi tutti gli insetti.

Che poi, povere bestie! Capita che un compito ben eseguito può essere un guaio per qualcun altro.

Il prof-picchio dice che sono restati liberi tre ragni di specie diverse, una blatta volante e una coccinella grassa.

Ho un sospetto per la coccinella grassa, per gli altri avverto un senso di fortuna. In mente faccio i complimenti alla loro evasione riuscita.

Lo scarafaggio forse mi legge nel pensiero. "Ah, sì? Carceriera bastarda, prima mi catturi e poi esalti chi scappa". Solleva con sforzo titanico il coperchio e corre, corre. Arriva sui piedi di Kan-canguro che, come gli altri, è sceso dal banco.

Vedere un Kan-canguro che saltella come ballando la samba non è roba che capita tutti i giorni.

Mavia mi tocca il braccio, ha l'altra mano a

nascondere la bocca ovale. Non ci riesce bene anche perché la bocca ovale comincia a ridere, a ridere.

È irresistibile.

La risata mi contagia e ridiamo con le lacrime. Anche il prof-picchio partecipa con discrezione.

Non riusciamo a fermarci. Usciamo dall'aula con la scusa che dobbiamo lavarci le mani.

Mavia allarga il collo della maglia e mi mostra la coccinella grassa.

«Cosa mangiano le coccinelle, Mea?».

«Altri insetti più piccoli, il nettare di alcuni fiori, mangiano i vegetali e i funghi».

«Ce la posso fare» pare contenta.

E così mi arriva la felicità. Meglio non indagare troppo, se no passa.

PASSA IL TEMPO

È passato un mese e mezzo da che sono qui a Lontan Town.

L'erba del giardino è cresciuta, con me e senza di me.

• Zia Ludovica lavora al supermercato e dice che gli occhi le stanno diventando un codice a barre (le ho fatto notare che le renne non hanno occhi con codice a barre in quanto nemmeno sanno che esistono i codici a barre);

• zia-renna frequenta gli Alcolisti Anonimi con impegno (quando ha le riunioni sceglie vestiti assurdi e mi chiede "come sto?". Le rispondo "stai, e mi pare già abbastanza");

• a scuola va meglio; con Mavia sto bene tranne quando decide di rintanarsi nel suo corpo vasto;

• il prof-picchio-con-ciuffo-rosso-e-barbetta-nero-grigia mi tiene in gran considerazione da quando ho fatto il cane da pastore con gli insetti (forse sono un cane da pastore? No, non credo);

• Kan-canguro e il suo gruppetto mi girano alla larga (ho approfittato dell'episodio degli insetti per comunicare che gli scarafaggi mi seguono non visti e che li posso aizzare contro chi voglio. Sono il mio esercito. Kan e i suoi non possiedono cultura classica e non conoscono il Pifferaio magico, altrimenti avrebbero sgamato la menzogna);

• la prof-trampoliere-dalle-ali-rosee, dopo la quinta canzone dei Beatles cantata in modo quasi accettabile, mi ha fatto notare che gli Scarafaggi cominciano ad amarmi (*beatles* significa scarafaggi. Accidenti non ci avevo pensato. Come per alcune parolacce di cui si dimentica il significato vero, anche per alcuni nomi super famosi si dimentica la traduzione, pure se in origine si sa. Bel nome, comunque, Beatles-Scarafaggi);

• mia madre e mio fratello mi hanno detto che hanno trovato un compratore per la metà della cifra che chiedevano. Finiranno gli affari di vendita e verranno qui ma non in casa di zia-renna, per fortuna. Invece per sfortuna vorrebbero portarmi con loro nella casa nuova di Lontan Town che stanno cercando online. Ormai mi sono quasi abituata qua e vorrei restare qua. Semplice. Ma le cose semplici non sempre succedono;

• con Cooper va bene. Resta l'amico immaginario migliore. D'altra parte ho solo lui come amico immaginario. Zia-renna mi mette in croce ché vuole conoscerlo e io sono costretta a infilare balle su balle (tipo: oggi non può, ha la varicella. Oggi non può, accompagna la madre a non so dove. Oggi non può perché non può. E così via);

• con le materie faccio progressi, un po' perché comincio a capire quasi tutto delle spiegazioni, un po' perché studio sei ore al giorno. Lo so, sono una secchiona. Il fatto è che sono pure una secchiona scientifica, così nelle ore in cui non studio guardo programmi televisivi esclusivamente in inglese, leggo libri in inglese, ascolto la radio in inglese, cerco di pensare in inglese. Non ci riesco, ma ci provo lo stesso. Non ci riuscirò mai ma accade di sprecare energie;

• trovo sempre più spesso similitudini tra questo e l'altro mondo, lasciato ormai da quasi due mesi. Cose facili tipo l'alba, il tramonto, la pioggia, le nuvole, l'erba, gli animali-persone e i loro comportamenti zoologici. Cose più difficili tipo la solitudine mia, l'immaginazione che non ha patria precisa, le preoccupazioni economiche (quelle non sono cambiate per niente), gli specchi, le risposte che non si sanno dare, le domande che farebbero bene a restare nell'armadio delle domande al loro posto – tipo quale animale sono? – ché ancora proprio non lo so quale animale sono.

• Zia Ludovica ha imparato a cucinare italiano. Cioè, non è che ha proprio imparato; si vede che aveva dei ricordi che le sono tornati.

Di sera lei cucina e io la guardo e la aiuto, se serve. Ogni sera. Da quando non vede più il signor Gin, la sera resta a casa. Mi vergogno a pensarlo, ma a me piace la sera in sua compagnia e vorrei che durasse. In genere quando penso "questo mi piace" poi può non succedere più, quindi meglio se non ci penso.

Tira fuori delle storie incredibili di varie mandrie che ha frequentato. Non ha avuto una vita quieta e così zia-renna mi porta in certi racconti che poi bene bene non so se sono inventati. Di sicuro sono tutti avventurosi. Ogni tanto, mentre mi dice di questo e di quello, le si spengono gli occhi e i capelli-corna si deprimono.

Come se le mancasse qualcosa, non so.

Mi preoccupo.

Penso che se qualcosa manca per un giorno o due si può far finta di no, ma se manca e manca per tanto, prima o poi si va a cercarla.

INFATTI ZIA RENNA È DI NUOVO IN CERCA DI GUAI. E LI TROVA

Sono con Mavia a mensa.

Lei apre il cestino-baule e mette in fila sul tavolo un pasto completo. Io prendo un panino striminzito e comincio a mangiarlo senza nemmeno scartarlo bene.

In genere, a mensa stiamo zitte, una di fronte all'altra. Abbiamo imparato a fare così. Lei ha la sua cerimonia di cibo, io ho il mio momento di riposo dall'imparare. Imparare sempre è molto stancante. Lei mangia troppo, io imparo troppo. Solo che il grasso del cervello non si vede.

Ancora non ho capito se è un vantaggio o uno svantaggio.

Il grasso dell'imparare nutre l'immaginazione, la gonfia. Le dà vitamine, sali minerali, muscoli, così lei si imbizzarrisce e corre.

I compagni di corso continuano a scansarci, ma non ci danno più fastidio. Ho un amico immaginario e un esercito immaginario di scarafaggi. Non mi lamento, c'è chi sta peggio.

Oggi comincia il nostro periodo di vacanze. Qua funziona così. Ogni trimestre, anche se non è Natale o Pasqua, le lezioni si interrompono per una settimana.

All'inizio non riuscivo a crederci, poi ho capito che forse a Lontan Town sanno che imparare può essere molto stancante.

Comunque.

Mentre do l'ultimo morso al panino, ci raggiunge l'uomo-dromedario.

«Mea Barbari!».

«Sono io, sono qui». Mi alzo e muovo entrambe le braccia come un naufrago sullo scoglio; sono scampata al mare di pensieri e nemmeno lo so se voglio essere portata in salvo, ma muovo le braccia lo stesso.

«Nce lo so che sei tu».

In effetti spesso penso di essere come Cooper, ovvero solo immaginata. Forse da me. Non è così. La realtà esiste, devo tenere a mente questo piccolo dettaglio.

«Mangiavo il panino» dico, indicando la busta di carta vuota.

«Devi tornare a casa. Non preoccuparti».

Ora, se un dromedario o un altro animale ti dicono che non devi preoccuparti, significa che il momento di preoccuparti è proprio arrivato.

«Cosa è successo?».

«Niente, sbrigati, ti do un passaggio».

«Devo prendere i libri».

«Li lasci qua. Sbrigati».

Dopo tanti sforzi mi ritrovo a parlare in italiano.

«È successo qualcosa a mia zia?» lo chiedo a voce bassa come quando sai già la risposta, ma non la vuoi sapere, anche se la chiedi.

«Niente di grave. Ne parliamo in macchina».

Mavia si alza, mi dà la mano. Tende proprio il braccio e mi dà la mano. Una specie di benvenuto ai guai. Poi prende dalla tasca mia il telefono e ci armeggia e, dopo che ha fatto quello che vuole, lo rimette a posto. Sono in macchina, con la busta di carta del panino stretta nel pugno. Forse è un modo per ancorarmi al prima.

Comunque.

Mi sembra bellissimo il prima: mangiavo con Mavia di fronte e basta.

L'uomo-dromedario vorrebbe dirmi qualcosa – si vede – solo che non trova le parole e così se la prende con un'auto parcheggiata male che lo costringe a cento manovre.

«'Sti 'mbecilli patentati. Glielo chiedono: vuoi la patente per imbecille? Loro rispondono di sì, tutti contenti. 'Sti imbecilli».

A ogni andare e venire di volante dice imbecilli.

Non chiedo, non domando, sto zitta. Faccio finta che la strada sia un elastico che mi porta indietro. Sono di nuovo a scuola con Mavia e i miei pensieri inutili. Inutili e inutili. Arriva un dromedario qualsiasi con un accento strampalato e li spezza e loro, i pensieri, non servono a niente, non ti proteggono.

Lungo la strada ci sono alberi e alberi. Mi metto a contarli per impedire al cervello grasso di ragionare sulle possibilità dei guai.

Tanto è inutile. Le possibilità si infilano in mezzo ai rami, sbucano dalla corteccia e dalle foglie. Mi prendono in giro.

Finalmente e purtroppo l'uomo-dromedario ce la fa a parlarmi.

«C'è stato un incidente, la cucina si è incendiata. Tua zia dormiva sul divano e non si è accorta di niente. È viva, ce la farà. Ha respirato fumi brutti assai, ma ce la farà».

Sospiro. Poi conto i respiri che devono tornare normali. Li conto come poco fa ho contato gli alberi.

«Si è incendiata anche mia zia?».

«Poco, solo i capelli».

CI MANCAVA SOLO L'ASSISTENTE SOCIALE SCORPIONE

Mi sembra di riconoscere la puzza di capelli bruciati fin dall'ingresso.

Mi accoglie un'assistente sociale-scorpione. Santo cielo.

Ha un impermeabile nero lucido e due braccia sproporzionate e tese che muove a scatti. Le mani sono evidentemente pinze e non so perché hanno deciso di acchiappare l'aria di casa di mia zia. O di quello che resta.

La prima cosa che vedo non è la parete bruciata

o il divano rotto o la cappa del fornello sciolta dalle fiamme. No.

La prima cosa che vedo è una bottiglia di gin vuota. Il collo della bottiglia sbuca appena dal fondo del divano ma la vedo lo stesso.

E capisco tutto.

Intorno è pieno di gente. Ci sono pompieri, lo scorpione che non mi molla e che parla una lingua incomprensibile, dei signori mai visti che mi indicano a gesti un luogo oltre il prato. Perché me lo vorrebbero spiegare chi sono ma non capisco nemmeno loro.

Non capisco più.

I signori che non capisco mi spiegano a gesti che sono i nostri vicini, che hanno dato l'allarme. Me lo spiegano come se dovessi indovinare il titolo di un film.

La mia immaginazione sarà pure grassa ma la realtà è obesa, stagnante di fumo e di persone che non mi raggiungono.

Mi avvicino al divano, do un calcio nascosto alla bottiglia e la infilo sotto la base. Osservo i danni. Il fuoco ha raggiunto il posto del divano dove in genere zia-renna appoggia il palco delle corna-capelli. Faccio uno studio dei centimetri bruciati. Devo riuscire a comprendere i fatti da sola perché ho dimenticato l'inglese, non so per quale terribile motivo. Deve essere terribile, il motivo, altrimenti non è possibile che non capisco le parole dello scorpione, dei vicini, dei pompieri e pure del dromedario che sta parlando con lo scorpione.

Tutto questo tempo a imparare l'inglese si è bruciato, insieme alla cappa, al muro, al divano, ai capelli-corna di mia zia.

Se giro gli occhi di poco, verso la vetrata del piano terra, vedo che il prato non è cambiato. La casa è una bistecca cotta solo da un lato.

Vado su nella mia stanza. Cercano di fermarmi ma ci vado lo stesso.

Un pompiere mi segue. Tutta questa preoccupazione mi sembra eccessiva perché si capisce che la casa non può crollare, che l'incendio le ha dato solo un morso.

La mia stanza è restata come l'ho lasciata.

I panni sulla sedia, la finestra con le tende aperte, le calze per terra mi dicono di stare tranquilla, ché loro dell'incendio non sanno niente.

Il pompiere mi parla con un tono garbato: peccato che non lo capisco.

Sarà temporaneo questo dimenticare? Forse è lo shock. Forse gli shock passano o, più probabilmente, si vanno a nascondere.

Da qualche parte sbuca Cooper e mi abbraccia, così finalmente riesco a piangere. Mi dice che tutto andrà a posto, che senza capelli si riesce lo stesso a respirare, che tornerà tutto mediamente ingarbugliato, come prima.

Il pompiere prende un foulard che è sul cassettone e mi asciuga le lacrime. Non è lo stesso foulard con cui ho acchiappato gli insetti, ma più o meno fa lo stesso lavoro.

«Voglio vedere zia-renna».

Non capisce. Accidenti. Come si dice in inglese?

Vado alla scrivania, prendo un foglio e una penna e scrivo "Voglio vedere mia zia". Idea giusta.

Le parole scritte ricordano l'inglese, quelle parlate no. Il mio cervello grasso ha subito un corto circuito solo per l'orale. Meglio di niente, anzi meglio di tutto.

Il pompiere è intelligente, perciò mi risponde per iscritto "Sarebbe presto, ma ti porto lo stesso da tua zia. Ti porto io".

Scendiamo al piano di sotto. Il pompiere discute con l'assistente sociale-scorpione che per poco non gli stacca il naso a furia di agitare chele.

Vince il pompiere, però lo scorpione si avvia con noi nel camion dei pompieri.

L'uomo-dromedario mi dice che deve tornare a scuola ma che resta a mia *esposizione*. Non sono la sola ad avere problemi di linguaggio.

Gli spiego che non so più parlare in inglese ma che so solo scriverlo e che avrò bisogno di lui, perché qua, a parte mia zia che – per il momento – è bruciata, nessuno parla italiano.

L'uomo-dromedario dice che va, organizza la sua sostituzione e poi tornerà da me.

Allora mi viene un pensiero brutto, di peste nera, un pensiero che non vorrei pensare per nessun motivo al mondo e invece lo penso e lo approfondisco pure: le persone gentili con me subiscono incidenti di sfortuna, quindi per lui sarebbe meglio restare a scuola e non tornare mai più a cercarmi per darmi una mano.

ME NE VADO NEL CAMION DEI POMPIERI A CONSOLARE ZIA-RENNA

Non riesco a godermi il tragitto fino all'ospedale nel camion dei pompieri. Lo penso e mi vergogno pure. E certo che non riesco a godermelo: sto andando da mia zia bruciata.

Arriviamo in ospedale e l'assistente-sociale-scorpione rompe le scatole a mezzo mondo. Non capisco quello che dice. Il pompiere si fa dare carta e penna da un'infermiera. Siamo in una sala d'aspetto.

«L'assistente sociale vuole prima controllare che tua zia sia in condizioni di riceverti, che nella stanza non ci siano persone gravi che potrebbero impressionarti» scrive.

«Sono già impressionata di mio e non credo di peggiorare» rispondo.

Il pompiere aspetta con me, senza scrivere più niente.

Torna l'assistente-sociale-scorpione, fa segno al pompiere di restare seduto: non può venire con noi. Peccato.

Respiro ed entro nella stanza.

Respiro e guardo mia zia.

Ha una benda in fronte e i capelli rapati. Ha un ago nel braccio. Ha gli occhi chiusi ma non chiusi normali: strizzati.

Pensavo pure peggio.

Non so se è opera dell'assistente sociale, ma le altre pazienti sono nascoste da paraventi mobili.

Gli faccio capire che voglio restare sola con mia zia.

Lei protesta. Indica un orologio inserito nella testata del letto di mia zia e apre le dita di tutte e due le chele. "Va bene", le rispondo a mente "dieci minuti e basta, però ora vattene".

«Zia» dico.

Zia-renna resta con gli occhi strizzati, solo che ora strizza pure lacrime. Quante lacrime. Poteva usarle per l'incendio.

«Zia» ripeto.

Niente.

«Zia, guarda che abbiamo solo dieci minuti, poi torna l'assistente sociale-scorpione e me ne devo andare».

«Scusa, scusa, scusa, scusa» mi prega.

«Basta scuse. Cosa è successo?».

«Ho visto Gin. Di nuovo. Mi manca. Mi mancava. Ho sbagliato. Dal pozzo sono affiorate dipendenze, sono emerse dallo stesso secchio. Scusami se ti parlo come se fossi grande».

«Io sono grande e pure piccola. Questa storia che ai ragazzi si deve parlare come fossero deficienti mi snerva».

«Sì, scusa».

«Basta scuse!» perdo la pazienza. «Continua».

«Gin mi ha detto che sono vecchia, smorta, finita. Che non gli interesso più. Che ha bisogno di roba nuova. Che ci siamo detti e fatti tutto quello che potevamo. Che ho poche risorse. Che l'ho trascurato per diventare una madre senza figli e una cassiera di supermercato. L'ho pregato. Mi sono abbassata a pregarlo di amarmi. Lui niente, è andato via. Aveva portato due bottiglie di gin…».

«Imbecille, pure lui con la patente di imbecille».

«Una l'ha bevuta, l'altra l'ha lasciata a casa chiusa, col tappo chiuso. Sono restata a guardarla per un'ora e quarantacinque minuti. Poi non ce l'ho fatta e l'ho aperta. Avevo lasciato un pentolino sul fornello… non so cosa sia successo. Ho bevuto tutto il gin, mi sono addormentata. Mi sono risvegliata qua. Mea, se dalle analisi capiscono che ho bevuto, c'è il rischio che tu non potrai più stare con me. Bisogna fare attenzione all'assistente sociale».

«Lo scorpione».

Zia-renna apre finalmente gli occhi e si guarda intorno.

«Dov'è?».

«Dov'è cosa?».

«Lo scorpione».

Rido. Anche dopo il fuoco zia-renna resta zia renna, con quel suo credere possibile qualsiasi immaginazione. Ci somigliamo io e zia-renna. Solo che io non bevo e meno male, perché c'è bisogno di restare lucidi. Altrimenti perdo di nuovo tutto. L'acqua è successa, il fuoco pure, gli scorpioni hanno preso il posto delle cavallette. Bisogna trovare un rimedio.

«Zia, tra pochi minuti devo andare. Ascoltami bene: non dire che hai bevuto. Ti trovano valori alcolici nel sangue? Tu nega. Agli Alcolisti Anonimi non hanno le tue generalità. Al supermercato stavi andando bene?».

«Sì».

«Ti hanno mai vista ubriaca?».

«No, è la prima volta che bevo dopo tanto».

«Bene. Forse ce la possiamo fare. Non ci divideranno».

«Perché vuoi restare con me se io consegno a chi amo solo incidenti e guai?».

Sì, io e zia-renna ci somigliamo.

I POPOLI DEGLI OSPEDALI

L'assistente sociale mi porta via.

E non mi dà il tempo nemmeno di dire a ziarenna perché voglio restare con lei!

Che lei è alquanto acciaccata e imperfetta ma avverto un bene che viene da lei, acciaccato e imperfetto, che, per certi versi, è migliore di quello che sentivo a casa, quella italiana.

Perché lei mi giudica migliore di lei, appunto.

Perché mi vede intelligente e non scombinata.

Perché crede che ho un amico vero che si chiama Cooper.

A proposito.
«Ciao, Cooper».
«Ciao, Mea».

Perché fa il tifo per me.
Perché ha scelto di lavorare alla cassa di un supermercato per tenermi. Per non perdermi.
Perché per me è andata agli Alcolisti Anonimi.
Perché per me ha ricordato la cucina italiana.
Perché io sono più imperfetta di lei, con la mia immaginazione ingombrante e il mio essere asociale.
Perché nonostante i guai, con lei credo di poter migliorare.
Perché le batteva il cuore quando mi ha fatto vedere per la prima volta la stanza che doveva essere mia.
Il cuore.
Questa cosa del cuore è sdolcinata. Ma in mezzo all'amaro ci vogliono i cuori sdolcinati e i Beatles da imparare a memoria e le risate e riconoscere gli animali nella gente e sentire l'erba crescere e difendersi con l'esercito di scarafaggi.
Ci vuole Cooper.

Ci vuole zia-renna.

Devo inventarmi qualcosa perché non mi portino via da lei. E anche perché io resti con lei, se no riprende a bere e magari si licenzia.

Se no divento di nuovo la sola che somiglia a me.

Bene, una volta tanto la mia immaginazione deve funzionare ai fini pratici.

Io che non faccio mai niente che possa farmi notare, io che sto al mio posto sempre, ora immagino qualcosa di molto diverso e lo faccio.

Scosto la chela dello scorpione poggiata con forza sulla mia spalla per dirigermi verso l'uscita e mi stendo per terra. Incrocio le braccia sul corpo steso e non parlo e non mi muovo più.

Succede una confusione.

Sbucano dottori e infermieri da tutte le parti. Anche l'ospedale ha il suo esercito di insetti. Alcuni sono gentili, altri gridano che non posso stare lì. Un dottore più tenace degli altri vorrebbe sollevarmi di peso.

E allora urlo.

Cooper si tappa le orecchie con le mani.

Dalle stanze escono i parenti dei ricoverati. Ce ne sono tanti perché è orario di visita. Protestano. Non so cosa dicono ma immagino che mi difendano perché sono come loro, perché anch'io ho un parente malato e quindi ho la stessa paura che hanno loro.

L'assistente-sociale-scorpione mi vorrebbe uccidere, magari con un veleno d'occasione. Sono stata affidata a lei e lei non è capace di farmi restare calma. Ma chi la conosce? Perché dovrebbe essere responsabile per me?

Mi schiaccio a terra con maggiore convinzione.

Intorno a me si è creato un cerchio di parenti di altri, che non fanno avvicinare i medici.

L'assistente-sociale-scorpione va a chiamare il pompiere. In fondo anche io sono un piccolo incendio.

Il cerchio si apre e passa il pompiere, si inginocchia vicino a me. Ha portato carta e penna. Non so se lo ha fatto con intenzione; magari li ha in tasca per caso.

«Perché resti così stesa e urli se ti vogliono spostare?» scrive.

«Perché non voglio stare senza zia Ludovica e

zia Ludovica non può stare senza di me in questo momento difficile».

Anche se non me lo sono detto chiaramente, anche se non l'ho nemmeno pensato in forma compiuta, ho capito che sarei finita in un istituto: casa bruciata, nessun parente, dove altro potrei finire?

E io in un istituto non ci vado.

«Fammi capire cosa vuoi» scrive.

«Voglio restare in ospedale finché ci resta zia-ren... zia Ludovica» scrivo da stesa.

«Vedo cosa si può fare. Mi allontano, non urlare» scrive.

«Se mi volete spostare, urlo» scrivo distesa.

Il cerchio dei parenti si apre per fare passare il pompiere, poi si richiude.

Forse per strada o in un altro posto il cerchio non ci sarebbe stato, ma siamo in ospedale e il popolo dell'ospedale è un altro mondo.

IL PICCOLO FUOCO VINCE. PER ORA

Il cerchio dei parenti si apre di nuovo per fare passare il pompiere e la direttrice dell'ospedale, che è una direttrice con i baffi.

Prima di serrare gli occhi, sbircio.

La direttrice è senza ombra di dubbio una lepre con i baffi da lepre. I baffi dei gatti si chiamano vibrisse, quelli della lepre non lo so.

La direttrice-lepre muove il muso a destra e sinistra e sposta gli occhi di scatto nella direzione contraria del muso. La faccia quindi le diventa uno *zig zag* veloce.

Chiudo gli occhi e non vedo più niente.

La lepre parla parla parla ma tanto non la capisco. Il pompiere la interrompe, forse cerca di spiegarle che non la capisco, ma lei continua. D'altra parte, si sa, le lepri hanno energie inutili da sfogare.

Allunga una zampa per prendermi un braccio e appena sento la sua mano caccio un urlo da record di urli.

Il cerchio protesta con un mormorio pericoloso.

Il pompiere parla di nuovo alla lepre. Probabilmente le sta dicendo che non voglio essere spostata per nessun motivo al mondo. Discutono per un po'. Poi il pompiere mi si avvicina e mi infila la penna tra indice e pollice mentre sono ancora con gli occhi chiusi.

È garbato il pompiere. Apro un occhio.

Il foglio che ha nell'altra mano dice:

«Hai vinto. La direttrice ti farà restare qua. Ora però ti devi spostare. Ti accompagno nella sala d'attesa, intanto che sistemano una stanza dove potrai stare».

«Finché zia Ludovica è qui?» scrivo da stesa.

«Finché non starà meglio» scrive da inginocchiato.

«Scrivi alla direttrice che non me ne vado da qua senza zia Ludovica».

«Scrivo?»

«No, dici. Ho sbagliato».

«Va bene, ora ti alzi senza urlare e andiamo nella sala d'attesa?».

«Sì» e mi alzo.

Il cerchio applaude. Non so cosa abbia capito, ma applaude lo stesso. L'applauso mi fa capire che ho vinto la trattativa.

In breve mi trovo le braccia cariche di biscotti, patatine, bibite, giornali, caramelle, gomme da masticare, tavolette di cioccolata, blocchi notes, penne.

È il saluto del cerchio, ognuno poi torna dal suo parente malato.

Sono nella sala d'attesa. C'è un televisore molto grande e ci sono sedie messe come sedili in un teatro antico, a semicerchio.

Scelgo una sedia centrale. Una signora, che mi ha accompagnato insieme al pompiere, mi dà il telecomando e se ne va.

Il pompiere mi scrive che anche lui deve andare

via, perché deve riportare il camion che serve per altri interventi. Scrive il suo numero di telefono e l'informazione che posso scrivergli messaggi sempre, anche di notte, ché tanto è abituato a dormire con un occhio solo. Non cerco nella memoria quale animale dorme con un occhio solo, anche perché sono triste perché il pompiere se ne va e faccio una faccia brutta.

Il pompiere si dispiace pure e, per prendere distanza dal suo dispiacere, raccoglie il telecomando dalle mie mani e accende il televisore.

Gli viene un'idea.

Cerca una trasmissione con i sottotitoli in italiano.

Mi viene un'idea.

Prendo il telecomando e cerco sottotitoli in inglese.

Facile.

Se immagino di leggere invece che di parlare, l'inglese torna veloce nelle mie corde vocali.

Genialata. Vorrei un applauso.

Cerco di spiegarlo al pompiere ma è difficile, così gli parlo direttamente in inglese e basta.

Gli dico:

«Chi l'ha stabilito che gli amici dei ragazzi devono essere solo ragazzi?».

Lui è molto contento, quasi commosso, ma mi spiega che deve andare via lo stesso e che ora che parlo gli dispiace anche di più.

Va bene, va così.

Resto sola ad aspettare.

NECESSAIRE DA OSPEDALE

Arriva un'infermiera-lama che mastica una cingomma e mi accompagna in una stanza piccola che ha l'aria di uno sgabuzzino attrezzato a stanza di recente.

Fa niente, l'importante è che resti qui.

Mi dà un pigiama, una vestaglia e asciugamani di carta, uno spazzolino, il sapone, ciabatte usa e getta, una cuffia, una spazzola, ovatta (ovatta?), mutande di carta.

Mi indica dov'è il bagno comune, mi dice che posso andare da zia-renna solo in orario visite per non stancarla, mi chiede se sono vegetariana o se la mia religione mi impedisce di mangiare alcuni cibi e se sono assicurata.

Rispondo che non sono vegetariana, che non ho problemi di cibo religioso e che ne sono davvero assicurata (dico così perché non lo so se sono assicurata e non so nemmeno bene bene cosa significhi).

Segna tutto su una scheda e se ne va.

Resto sola senza aspettare. O forse aspetto l'orario di visita per vedere zia-renna anche se non lo so.

Arriva Cooper.

«Girati, ché devo mettermi il pigiama».

«Mi giro, ma perché devi metterti il pigiama anche se non sei malata?».

«Credo che abbiano deciso così perché non posso restare da completamente sana e vestita normale».

«Che farai ora?».

«Niente, cercherò qualche libro e organizzerò una strategia perché mi lascino a zia-renna. Devo capire se dalle analisi risulta che era ubriaca».

«Certo che risulta! L'hanno ricoverata che era ancora ubriaca».

«Grazie per l'incoraggiamento, Cooper».

«Prego, Mea. Magari puoi sostenere che non era mai successo prima. Dovrai parlare con la direttrice».

«Non sarà facile convincere l'assistente-sociale-scorpione».

«Penso anch'io».

«Devo trovare un modo comunque».

«Sì. Ti lascio sola, così ci pensi».

«Ciao, Cooper».

«Ciao, Mea».

Appoggio il pantalone sulla sedia e cade il cellulare.

Mavia deve essersi inviata un messaggio vuoto per conservare in memoria il mio numero.

C'è la risposta al messaggio che si è inviata da sola.

"Torna presto, la scuola è di molto bruta senza di tu. Un bocca lupo a tua zia".

Ha scritto male. Non sarà stata colpa di Mavia ma del traduttore automatico.

Mi piace il suo italiano, anche se sbagliato. Sorrido.

L'infermiera-lama mi avvisa che posso andare da mia zia. Mastica ancora, chissà se è la stessa cingomma di prima. Spero di no.

Penso che se zia-renna mi vede col pigiama, magari le prende un colpo. Crederà che anch'io sono andata a fuoco o che mi è successo un altro guaio.

Prendo la maglia e me l'appoggio sulle spalle, sopra al pigiama; magari confonde il pigiama con dei panni normali.

Invece è inutile, perché zia-renna dorme che pare morta.

Un parente del cerchio di prima mi dice di non preoccuparmi, le hanno dato dei sedativi forti perché i dolori del fuoco sulla testa sono brutti. Lui lo sa, l'anno scorso si è bruciato il braccio con il barbecue e si è rimpinzato di sedativi e di antidolorifici.

Mi racconta tutta la scena del barbecue ma non lo ascolto bene, mi distraggo. Ho il pensiero delle analisi alcoliche di zia-renna.

A un certo punto gli faccio:

«Avevi bevuto?».

«Quando?».

«Quando ti sei bruciato con il barbecue».

«Una birra, niente di che».

«E dalle analisi i medici lo hanno capito?».

Di sicuro il parente capisce le mie preoccupazioni: sono stata un'ingenua, ma fa finta di parlare di sé.

«Non lo so, non me l'hanno detto. Era più importante curarmi la bruciatura. Vedi... Come ti chiami?».

«Mea Barbari».

«Vedi, Mea, non so bene perché faccio l'autotrasportatore, ma non credo ci siano problemi per una bevuta occasionale. Certo, per gli alcolisti è diverso... Ora vado, ti lascio il mio numero di telefono, in caso di bisogno chiama».

Non ho mai ricevuto tanti numeri in vita mia.

Comunque se il sangue di zia-renna è alcolico, lo sapranno.

Sarà una notte lunga.

I GIORNI E LE NOTTI IN OSPEDALE

Mi compiango un po'.

Ah, perché non trovo pace.

Ah, perché non posso mettere radici come l'erba.

Ah, perché sono piccola e bassa.

Ah, perché mio padre ha avuto l'incidente di sfortuna.

Ah, perché zia-renna ha avuto l'incidente di sfortuna.

Ah, perché e perché.

Non riesco a dormire.

Mi giro e mi rigiro.

Mi prude tutto, ho i crampi, sospetto di avere i capelli abitati, sento i piedi che rimpiccioliscono verso una curvatura a uncino.

Sono un rapace notturno? Sono un gufo, una civetta, un barbagianni? Potrei essere l'elfo del Nord America, che è il rapace notturno più piccolo e misura solo quindici centimetri.

No, non credo.

E poi sarei costretta a mangiare le cavie e non voglio mangiare Mavia. Prendo il telefono per consolarmi con il suo messaggio.

Lo leggo e lo rileggo. Mi calmo un po'.

Mentre leggo l'italiano sbagliato di Mavia mi arriva un altro messaggio. È mia madre.

Improvvisamente ha dimenticato sintesi e trascuratezza e ha scritto una lettera più che un sms.

L'hanno avvisata di quello che è successo a ziarenna e alla cucina infiammabile.

Fa uno sproloquio terribile, poi dichiara:

«Anticiperemo l'arrivo. Non abbiamo trovato una casa alla nostra portata in zona, dobbiamo trasferirci in una città più lontana». Lontan Lontan Town? «Dovrai cambiare scuola, ma che fa? Tanto mica ti sarai già abituata. Tu verrai con noi e non si discute. Come stai?».

«Ora peggio, grazie». Chiudo il telefono e chiudo anche gli occhi e chiudo le braccia di nuovo sul corpo steso.

Come stai?

Non ci voglio nemmeno pensare.

Non voglio niente, non voglio mangiare, non voglio bere.

I crampi si imbizzarriscono e i piedi si storcono in un balletto doloroso.

«Cooper?».

Non mi risponde.

«Cooper, dormi?».

«Dormivo, cosa c'è?».

«Quando finirà?».

«Quando finirà cosa, Mea?».

La luce che entra dal corridoio crea un'ombra rialzata sul pavimento. Nella realtà è l'ombra del tavolino, nella necessità immaginata del momento è Cooper che dorme in un sacco a pelo.

Decido che Cooper non è bello. Troppo alto e troppo magro, con quei capelli tagliati pari a metà collo lungo. Però ha un aspetto gradevole, per me almeno. E grazie che ce l'ha solo per me, lo vedo solo io!

«Tutto. Quando finirà tutto. Tu che animale sei?».

«Che domanda scema, non lo vedi che animale sono?».

«No, non lo vedo».

«Sono un leone sdraiato nella savana. Le leonesse mi hanno appena portato la cena e io sbocconcello il dessert dopo un pasto abbondante. Sono pigro, vorrei dormire, ma una mosca Mea mi tiene sveglio».

«Non sei un leone e io non sono una mosca».

«Come preferisci, d'altra parte mi hai inventato tu».

«E certo, quando ti fa comodo ti ho inventato io, quando non ti fa comodo bisogna ubbidire alle regole dell'immaginazione. Sono stanca, Cooper, sono stanca anche di te e di tutta questa parte della mia testa che segue strade bugiarde che non esistono e che non si avvereranno mai».

Cooper scompare.

Il sacco a pelo si rivela l'ombra del tavolino, e non c'è più verso di riconoscere in quell'ombra Cooper sdraiato che parla con me.

Anche Cooper se n'è andato come me ne andrò io.

Forse sta già a Lontan Lontan Town.

Forse sta ancora più lontano e non tornerà mai più.

L'alba, dovrà pur arrivare. Ore e ore ad aspettare. La riconosco quando confonde la sua luce con le luci al neon del corridoio.

Mi fa piacere l'alba, e così riesco a dormire.

REAGIRE E AGIRE. LO RIPETO FINCHÉ NON MI CONVINCO

Mi sveglio con il chiarore del giorno dritto negli occhi.

Provo.

«Buongiorno, Cooper».

Niente. Ma tanto lo so che non mi risponde. Se sono poco convinta io della risposta, figuriamoci lui che neppure esiste.

Bene.

Mi stendo di nuovo.

C'è poco da fare. Non ho niente da fare. Mi imbalsamo nelle coperte di ospedale e aspetto.

Cosa, non lo so.

Reagire e Agire.
Reagire e Agire.
Reagire e Agire.
Reagire e Agire.
Reagire e Agire.
Reagire e Agire...

Lo ripeto finché non mi convinco o meglio finché non fingo di convincermi. Se Cooper è sparito grazie a me, qualcosa può pure comparire grazie a me. Semplice.

Sì, semplice, è una parola.

Entra un'infermiera con una specie di pranzo. Il pranzo?

Meno male che nella mia testa scombinata è tornato l'inglese così posso parlare con lei e chiederle le informazioni che mi interessano.

L'infermiera prima mi rimprovera perché sono nel letto a ora di pranzo, poi si pente di avermi rimproverata perché forse pensa "che accidenti dovrebbe fare questa qui in un ospedale senza essere nemmeno malata?", così risponde alle mie domande.

Vengo perciò a sapere che:

A. mia madre verrà a prendermi ed è d'accordo che io resti in ospedale finché è ricoverata zia Ludovica;

B. il pompiere ha telefonato per sapere come sto (gentile);

C. la prof-trampoliere-dalle-ali-rosee mi ha spedito mail di compiti fino in ospedale (tenace);

D. le analisi di zia-renna sono già nel carrellino con i farmaci che si portano dietro nel giro di visite;

E. i medici faranno il loro giro di visite tra mezz'ora.

Non ho tempo da perdere.

Mi lavo, mi vesto e scivolo nei corridoi a tallonare medici e carrellino.

Faccio pensieri guerrieri: potrei rubare le analisi, potrei incendiare il carrellino o allagarlo (una volta tanto userei calamità a mio favore), potrei scappare usando il carrellino come un monopattino, potrei fingere di essere una collezionista di analisi e comprarle (sì, questo pensiero è proprio scemo). Potrei.

Niente, potrei.

Continuo a seguire, non vista, il piccolo corteo. Non posso fare altro.

Incollo la schiena contro la porta della stanza di mia zia.

Posso solo ascoltare quello che diranno. Non è proprio niente, ma è poca roba.

Comunque.

Zia-renna risponde alle domande del medico. Ha un tono rassegnato. Agisci e reagisci, porca miseria!

Spiffera tutto il guaio già alla terza interrogazione.

Le viene chiesto se prima dell'incendio ha ingerito alcolici, se è una consumatrice abituale di alcol, se, come risulta dalle analisi fegatose, in passato ha avuto problemi fisici legati a tale consumo. Il medico considera la sua imprudenza inaccettabile, con l'aggravante che zia-renna avrebbe dovuto tutelare un minore dai suoi stessi eccessi.

E zia-renna spiffera. La ammazzerei.

Nega! Le vorrei urlare "nega che se no mi portano via, in una casa ancora più lontana, in un'altra scuola". Sento già la nostalgia persino di Kan-canguro.

«Dottore, ho avuto un periodo di dipendenza dall'alcol». Scema di una renna. «Ho interrotto questa abitudine brutta proprio grazie a mia nipote Mea. Mi ha spinto a frequentare gli Alcolisti Anonimi. Mi ha spinto. Non è precisamente così, è che volevo fare bene una volta tanto. Perché Mea ha già perso il padre, mio fratello; perché nessuno sa quanto è bella e perché a tredici anni ha già pagato un affitto salato a questa accidenti di vita. Ma tanto ora è tutto inutile, sua madre verrà a prenderla e io leverò il disturbo da qua. Quindi risparmi le prediche».

Entro in scena io. Non si può resistere sempre dietro una porta.

«Zia-renna è una grande zia» dico «e se una volta tanto può contare il mio parere: sono io che ce l'ho fatta anche grazie a lei. È inciampata di nuovo nell'alcol, e allora? Lei non inciampa mai, dottore? Soprattutto, lei non immagina mai di non potere inciampare più? Perché non è vero che immaginare non serve. Per esempio Cooper» e so bene che qua mi capisco solo io «negandolo l'ho fatto scomparire».

I medici non capiscono niente di quello che dico e decidono che l'alcolismo di mia zia ha fatto diventare farneticante anche me.

Sì, io e zia-renna ci somigliamo proprio.

ADULTI TRADITORI

Aspetto il carcere dell'ennesimo cambiamento.

Ormai i giochi sono fatti. Zia-renna ha confessato, io ho fatto la figura della scombinata, l'assistente-sociale-scorpione arriverà con le sue tenaglie, mia madre arriverà con i suoi propositi di "evviva Lontan Lontan Town" e io sarò di nuovo punto e a capo nella trasformazione. Forse sono un bruco, un bruco di cavolaia nata a cavolo in un posto preciso che non c'è. Sono una Pupa Bruco, una pupattola meccanica che tutti spostano. Che poi il bruco è parente stretto del verme. Ovvero, sono un verme.

Ci manco solo io a dirmi robe sbagliate che mi buttano giù.

Mentre faccio queste considerazioni tanto gioiose, ho visite.

Mi dicono che sono attesa in sala d'attesa.

Vorrei essere una sala d'attesa: essa nasce già con il nome che le spiega tutto. Sei una sala d'attesa e questo farai per tutta la vita, cioè farai attendere gli altri e attenderai con loro; starai lì ferma con i muri di sala.

In sala d'attesa c'è Mavia, che mi aspetta. Appunto.

Mi ha portato dei libri e una serie di schifezze che le piacciono tanto: patatine, snack, noccioline al cioccolato, marshmallow.

«Potrai arrostire i marshmallow al prossimo fuoco domestico» mi dice per fare la simpatica.

«Ah, grazie, sono certa che accadrà. Un guaio tira l'altro, come le ciliegie».

Ci mettiamo a mangiare le schifezze che ha portato. Lei è più veloce. Non sembra avere gesti più veloci dei miei; è piuttosto un diesel resistente di buon ritmo. Per ogni tre *crunch*

crunch crunch suoi, ne faccio uno. La osservo mangiare. Non ha spazio per le distrazioni, se mangia; mangia e basta. Spegne gli occhi e mastica. La cadenza del movimento della mano alla bocca potrebbe regolare un orologio, *tac-tac, tic-tic, tac-tac*.

Dal corridoio arrivano delle urla dalle stanze. Conoscono la strada per la sala d'aspetto.

Mavia non si scompone, le orecchie sono foderate da marshmallow.

Restiamo zitte a mangiare, lei, a non mangiare, io, fino a che non decide di andarsene.

Come visita non è un granché, ma il saluto è bello. Mavia spalanca le braccia e le richiude inglobandomi. Divento un pezzo minore di lei.

Da questa posizione scomoda ma bella, sento la sua unica parola come se le dicessi anch'io.

«Resterai».

Se ne va. Rimango in compagnia di carte e briciole.

E non so dove andare.

Si affaccia la solita infermiera laboriosa e mi dice di non muovermi, ché sto per ricevere un'altra visita.

Cara sala d'aspetto, il lavoro che fai dalla nascita in fondo non è tanto male.

Tra i libri che mi ha portato Mavia ce n'è uno in italiano.

È Pinocchio.

Che poi pure Pinocchio era una Pupa Bruco. Si evolve in essere umano dopo la metamorfosi.

Penso a Gin, all'assistente-sociale-scorpione, a Kan-canguro, alle sue amiche alla moda. Forse Pinocchio non fa completamente un affare.

All'improvviso mi scoccio di aspettare, le gambe si innervosiscono e vogliono camminare. Sono sicura che la sala d'aspetto non approva.

Pazienza.

Scivolo non vista nei corridoi, sbircio nelle stanze, cammino fino in fondo al reparto, apro una porta e il suo cartello "DO NOT ENTER".

E sento la voce del pompiere. Che ci fa qua, mentre dovrebbe raggiungermi in sala d'attesa?

Il pompiere e altri sono in uno studio. Io guardo da uno spiraglio utile delle veneziane che vorrebbero isolare la parete di vetro.

Il pompiere parla con l'assistente-sociale-scorpione e con i medici che hanno visitato zia-renna.

Chiama lo scorpione Capo.

Come sarebbe?

«Capo, come d'accordo ho conquistato la fiducia di Mea Baroni e posso dire che non mi pare squilibrata come dicono i medici. Non credo che sua zia abbia avuto il tempo di fare troppi danni. Ora vado da lei e cerchiamo di capire cosa è meglio fare mentre aspettiamo l'arrivo della madre e del fratello».

Pompiere traditore al servizio di uno scorpione.

Torno in sala d'attesa. Mi dispiace per il pompiere finto, ma ora so che fare.

LE STRATEGIE NON MI PIACCIONO, MA SE COSTRETTA...

Mi rimetto seduta in sala d'attesa.

Dopo poco arriva il pompiere traditore.

«Come stai, Mea?».

«Bene, benissimo. Tra poco mia zia guarisce e potrò tornare a casa con lei».

Il pompiere ha un'aria angelica e bugiarda.

«Non sei contenta che a giorni arriverà tua madre?».

«E mio fratello».

«E tuo fratello, sì».

Scarto una caramella superstite.

Non ho voglia di mangiarla, così la sposto da una parte all'altra della bocca. Non ho voglia di mangiare proprio niente, ma fa parte del piano.

«Sai chi mi ha portato questa caramella e i libri e gli altri dolci?».

«No, non lo so».

E grazie! Mentre ero con Mavia, tu tramavi contro di me con lo scorpione.

«La mia amica del cuore» lo so, in genere non parlo così, ma fa parte del piano. «Si chiama Mavia, siamo nello stesso corso, a scuola stiamo sedute vicine e gli altri di classe ci amano molto e anche i professori e anche il custode e pure i banchi ci amano, tanto stiamo bene insieme».

«Mi fa piacere».

«Già. Sai, pompiere, non credo che vorrei mai andare in un'altra scuola e nemmeno in un'altra casa. Spero che mia madre e mio fratello restino con me e con mia zia nella casa dove sto ora. Credo pure che se non succederà, avrò dei disturbi seri, tipo disturbi alimentari e del comportamento. Credo che non studierò più e mi lascerò morire di fame».

«Addirittura!».

«Addirittura. E poi chi mi porterà via da zia Ludovica avrà sulla coscienza pure la malattia di mia zia che peggiorerà e probabilmente avrà sulla coscienza anche un'altra alluvione e un altro incendio, ché i guai sono come le ciliegie e uno tira l'altro. A te tutto bene? La tua famiglia, che vive nella stessa casa dove è nata, sta bene?».

Cerco di lavorare di sensi di colpa.

«Non ho figli, ho una moglie e un cane».

«Ah, ecco!».

«Perché dici *ecco*?».

«No, così. Forse i pompieri vanno bene in teoria, in pratica meno».

«Non capisco».

«Non fa niente. Sai, mia zia mi ama molto. Mi ha preparato una stanza tutta mia, non mi ha lasciata sola, ma la cosa più importante è che le piace come sono fatta. Mi dice "brava e bella" e non vuole che cambi. Anzi, è lei che vorrebbe cambiare le sue abitudini non belle per me. Ti faccio un esempio. Se il tuo cane volesse correre storto e dove gli pare e se tu lo volessi tenere dritto vicino alla tua gamba ferma, pensi che il tuo cane sarebbe felice?».

«No, sarebbe educato però».

«Certo, infelice e ben educato. E comunque anche io sono educata».

«Sei ben educata grazie a tua madre».

«Anche, ma anche grazie a me. Perché vedi, pompiere, l'amore è come l'acqua. Uno annaffia ma non sa dove va a finire l'acqua. Così succede con l'amore. La forma la sceglie la pianta».

«Non capisco».

«Mi rendo conto».

Stiamo un po' zitti, in imbarazzo per questa incomprensione nuova. Poi il pompiere prende una caramella dal tavolo, ma è finta perché a Mavia piace formare caramelle con le carte vuote.

«Devo dirti una cosa».

Speriamo che confessi il suo tradimento, lo potrei persino perdonare.

«Dimmi tutto, ma proprio tutto».

«Domani arriva tua madre».

«Domani! Così presto?».

«Perché dici così, non le vuoi bene?».

«Certo che le voglio bene, ma mia madre mi porterà via da qua» mi viene da piangere.

«E se la convinciamo a restare per il tuo bene?».

«Oh, non ci riuscirete. Né tu, né lo scorpione» mi sto per tradire. «Niente, lascia stare».

«Devi avere fiducia».

«In te?».

«Sì».

E come no.

RITORNANO TUTTI

Mia madre ha poi tardato di due giorni. Questione di soldi, come al solito. Questione di biglietti.

Ho avuto il tempo di stare sola con zia-renna. Non è più lei. È una renna mortificata di allevamento, ha perduto la parte selvatica, forse è successo quando le hanno rapato i capelli-corna.

Appena tornate, ha girato per casa con occhi tristi. Ha chiamato un operaio e ha fatto sistemare la cucina. Mi ha fatto pena perché si capiva che voleva cancellare il danno fatto da lei, almeno da fuori, ché nella testa sua non ci poteva riuscire.

L'operaio è stato bravo e veloce, anche perché zia-renna gli ha dato campo libero di soldi.

«Non bado a spese, voglio che tutto torni come prima. Subito».

E l'operaio non ha badato a spese e in un giorno solo ha riparato tutto. Zia-renna ha finito la sua scorta economica, ma si vede che era il guasto minore.

L'assistente-sociale-scorpione sta sempre tra i piedi: passa da casa con l'aria di chi passa per caso.

Il pompiere no. Spero si sia pentito della sua bontà cattiva.

Di sera, quando l'operaio se n'è andato e lo scorpione non poteva più tornare, zia-renna ha ripreso la sua nenia di scuse. Ha detto che il suo comportamento è stato ingiustificabile, che lei nella vita sbaglia sempre, che mi perderà per colpa sua, che le manca perfino il supermercato, il che è tutto dire.

«Chiama, zia».

«Chiama chi?».

«Il supermercato».

«A quest'ora?».

«È aperto».

Ha chiamato e sono stati pure gentili, le hanno detto che la aspettano, che hanno saputo dell'incidente domestico.

«E una è andata» le ho fatto notare. «Ora dobbiamo avere il permesso da mamma perché io resti con te».

«Non posso. Ti danneggio».

«Ma porca miseria, potrò per una volta decidere io chi mi danneggia e perché? Tu devi fare solo il piacere di tornare dagli Alcolisti Anonimi e di riprendere in mano la decisione che poi avevi già preso. Devi lavorare e devi avere fiducia».

In realtà non ne ho di fiducia, proprio niente, nemmeno un po'. Però a volte succede che se vuoi convincere qualcuno, ti convinci pure tu.

«E comunque il male minore sarebbe che mia madre e mio fratello venissero qua per un po'. Tu saresti d'accordo?».

«Sì, ma tua madre non vuole, dice che si deve radicare a Lontan Lontan Town».

«Troveremo il modo».

Oh, io lo so bene che non lo troveremo, che mia madre è cocciuta come un colibrì cocciuto, che ora ce l'avrà con zia-renna per l'incendio e per il gin (mia madre è un colibrì astemio), ma ora i capelli-corna assenti di mia zia mi spezzano il cuore e io non so fare altro che raccontarle balle.

Forse valgo meno del pompiere traditore.

Pompiere. Traditore.

Pompiere. Traditore.

Mi viene un'idea. È un'idea banale, ma meglio di niente.

Se il pompiere ha mentito per sapere, io posso mentire per restare.

Quando mia madre e mio fratello arrivano, mi trovano a letto, malata per finta.

Non si fa.

Lo so.

Ma pazienza e pace.

Sono barricata nella stanza ormai mia e non voglio alzarmi in presenza di nessuno. Sono ufficialmente malata. Ho un male così misterioso che non lo so nemmeno spiegare.

Mia madre decide che sono sotto shock.

Mio fratello decide che giustamente non voglio andare a scuola.

Mia zia si assume anche questa colpa. Che nervi!

La famigliola è costretta a restare da zia-renna, almeno finché non guarisco.

E sono certa che non succederà tanto presto.

DA MALATA IMMAGINARIA A MALATA VERA

Mi ammalo davvero.

Forse per non mentire, il corpicciolo mio piccolo si adatta e si ammala.

Il dottore entra nella stanza e mi visita. È la seconda volta che viene. La prima non ha trovato niente. E per forza! Ero sana.

Mi fa scoprire la pancia.

Si avvicina e i miei occhi velati da non so cosa lo possono guardare meglio: il dottore è un ippopotamo.

È un grosso mammifero erbivoro africano, sudato e ansimante. Ha segni di rosa intorno agli occhi a palla. Estremità corte e triplo collo ciccione. È quasi più grosso di Mavia. Ha gambe così larghe e basse che i piedi sbucano quasi dalla cintola del pantalone.

Esagero.

Comunque.

Ha gambe corte davvero. Le mani sono palloncini sbuffanti di dita.

Le dita del dottore ippopotamo mi tastano la pancia.

«Ora sì che sei malata, l'altra volta no».

«Forse avevo già i sintomi interni, ma non si vedevano» insinuo.

«Non diciamo sciocchezze» mi smonta.

«Cosa ho?»

«Per il momento nulla di visibile, entro una settimana sarai piena di puntini. Ma da voi non si usa la vaccinazione contro il morbillo? Oppure hai fatto la vaccinazione, ma hai nel sangue anticorpi materni che hanno interferito nella risposta anticorpale».

«E non lo so, deve chiedere a mia madre».

«La signora rapata?».

«No, l'altra, il colibrì. La renna è mia zia».

Il dottore-ippopotamo sbuffa e suda.

«Questa qua già vaneggia. Ascoltami bene: dovrai bere molto, prendere i farmaci che ti prescriverò. Ti passerà la fame, ma tu dovrai mangiare qualcosa lo stesso. Avrai la febbre molto alta finché non comparirà l'eruzione cutanea. Dopo l'eruzione la febbre calerà, ma dovrai restare a casa un'altra settimana. Poi potrai tornare a scuola. Tutto chiaro?».

Intanto sto contando: non potrò muovermi da qua per almeno due settimane. Benissimo.

«Sì, tutto chiaro. Lei, per caso, ha vissuto in Africa?».

«Sì, e tu come lo sai?».

«Leggo il passato, il presente non sempre».

«Bevi molto».

«E se ne va».

Mio fratello non può entrare nella stanza, perché mia madre non ricorda se ha avuto il morbillo.

Neanche mia madre può entrare nella stanza, perché dorme con mio fratello e non vuole contagiarlo di germi prêt-à-porter.

Mia madre se la prende con me.

«Proprio adesso dovevi farti venire il morbillo?» mi dice dal corridoio.

«Io non comando il morbillo» sottolineo l'evidenza. «Di' ad Alberto che a scuola vogliono che lui giochi a rugby».

«È inutile, appena guarisci, ce ne andiamo a Lontan Lontan Town».

«Diglielo lo stesso!».

«Cosa mi deve dire?» mio fratello ha sentito qualcosa.

«Niente!» gli nasconde mia madre.

«Alberto, vai a scuola: c'è una squadra di rugby molto buona. Cercano atleti».

«Buona notizia, ché già mi sono scocciato di stare in questa gabbia di matte furiose. Mamma, perché non vuoi che lo sappia?».

«Perché altrimenti ti radichi qua e invece noi DOBBIAMO ANDARCENE!».

«E il fatto che io qua ci stia bene non vale, vero?» mi siedo sul letto e urlo. «Che io qua conosco l'erba e Mavia e zia-renna e la scuola e i professori e i banchi e gli accidenti, non importa a nessuno, vero?».

Alberto ha un'esitazione. Non lo vedo in faccia, ma lo so. La so a memoria la voce sua.

«La matta non ha tutti i torti. E poi senti come urla. In Italia se ne sarebbe andata in quello schifo di giardino e si sarebbe stesa per terra».

Mia madre è stupita.

«Non cominciare anche tu! Maledetta che sia Lontan Town e questo posto straniero che non somiglia in niente a quello che avevo immaginato! Altro che fortuna che ha avuto zia Ludovica! È una scombinata, è razza vostra!».

Urlo ancora e ancora.

«Tu immagini maleeeeeee! Tu immagini senza appoggiarti alla realtà, tu immagini senza dati di fatto. Tu immagiini secondo il tuo comodoooooooo!».

Svengo.

Pare che la febbre alta non vada d'accordo con le urla.

LE NOVITÀ SANNO ANCHE BALLARE

Trascorro giorni in semi incoscienza. La febbre sale e sale, ogni tanto svengo, non mangio e mi consumo.

L'eruzione cutanea che farebbe abbassare la febbre non ne vuole sapere di comparire. Odoro di aglio a peste (il dottore-ippopotamo ha riconosciuto da questa puzza la futura venuta del morbillo).

La mattina mi sento meglio, ma la sera perdo conoscenza e vaneggio. Dietro la porta della stanza compare allora una piccola folla preoccupata ma pure curiosa.

È passato di qua il pompiere che ha scoperto che so di lui, dello scorpione, di come ho capito tutto.

Zia-renna ha scoperto la cosa di Cooper, della donna-tigre e di Gin e di come mi piacciano lei e le sue corna scomparse.

I prof sanno ormai che animale sono e non so se gioverà ai miei voti.

Mavia ha riso da pazza quando ha saputo che penso sia una cavia. Ritiene che a nessuno, meno pazzo di me, potrebbe venire in mente di associarla a un animale tanto piccolo. Per fortuna non ho vaneggiato del suo muso e della sua bocca ovale.

Insomma ho proclamato, da incosciente, la mia immaginazione ingombrante. Che figura!

Canto spesso le canzoni dei Beatles e la prof-trampoliere-dalle-ali-rosee ha sostenuto che in preda alla febbre delirante la mia pronuncia migliora.

Tutto questo me lo racconta Alberto, al mattino, parlando dal fondo del corridoio. Si diverte molto alle mie esternazioni.

Dice che quando mostravo solo parte della mia

idiozia non rendevo fedeltà al quadro dell'idiozia completa che non è male. Bontà sua.

Sta andando a scuola tutti i giorni: sostiene che non ha mai avuto coach così bravi. Sogna di diventare rugbista professionista con il loro aiuto.

L'altra mattina mi ha confessato che non sa se saprà contraddire mia madre, perché anche a lui l'idea di andarsene non va a genio. Ha potuto urlarlo dal corridoio, perché mia madre era uscita in cerca di non so cosa.

Alberto mi descrive minuziosamente gli allenamenti e i suoi progressi, ma non lo seguo molto in questo, perché mi scoccio.

Comunque parliamo ed è una novità. Ci divide un corridoio ma non un paio di mondi, insomma.

Pare però che questi puntini che non arrivano e la febbre che non se ne va potrebbero fare danni al cervello, secondo una malattia accessoria di cui ho voluto dimenticare il nome.

Spero di no.

Eppure.

Eppure, per una volta ho l'attenzione di tutti, ma non è quella attenzione brutta che dice "questa qua è proprio di un altro pianeta strampalato". È l'attenzione di chi vuole sapere come stai e se ce la fai a superare la malattia.

La malattia pre-morbillo somiglia al fuoco della cucina. Verso sera mi pare che tutto vada a finire in incendio. Soprattutto la testa. Un fuocherello compare nelle meningi e si espande alimentato dalla benzina dei pensieri. E allora parlo, parlo. Sragiono, sragiono.

Non posso nemmeno avere tanta paura, perché perdo conoscenza quasi subito. Sono gli altri che poi mi dicono.

Zia-renna allora non si muove dal mio letto, mi dà i farmaci e mi mette sulla fronte roba ghiacciata. Prima di crollare, sono convinta di sentire lo sfrigolio della carne sulla griglia. Spero non sia carne di renna.

Al mattino presto, verso le cinque e mezzo, zia-renna va al supermercato. Ha ripreso a lavorare.

Lavora come se dovesse risolvere tutti i lavori forzati della storia di Lontan Town.

Lavora e lavora. Dicono che sta diventando la numero uno del lavoro a oltranza.

Lavora più del tempo che le tocca. È diventata la preferita del direttore. Dei colleghi meno, perché si scocciano molto che una di loro lavori più di quanto viene pagata.

Hanno ragione, ma che ne sanno che mia zia vuole il perdono per l'incendio?

Lei non sragiona e quindi non dice tutti i fatti suoi.

Prima che mi venisse l'ennesimo fuoco serale, mi ha confidato che le è venuta un'idea di novità talmente bella che potrebbe farle perdonare il cinquanta per cento dell'incendio.

«Deve essere proprio bella!».

«Se riesco a realizzarla, sarò fiera di me e anche tu. Balleremo di novità».

«Ma tu sei fissata, zia-renna, con questa storia del riscatto. Già è tanto se paghiamo l'affitto, che cosa vuoi che ci importi del prezzo del riscatto! E poi non sei una fiera ma una renna».

Zia-renna ha riso. Sulla testa le sta ricrescendo una peluria di corna.

BENVENUTI PUNTINI

La situazione sta precipitando.

La folla preoccupata e curiosa ha deciso che se la febbre non cala dovrò andare in ospedale, questa volta da malata e non da sana.

L'assistente-sociale-scorpione si è trasferita nel corridoio. Sta quasi sempre qua.

L'assistente-sociale-scorpione è preoccupata perché mia madre non beve alcolici ma si lamenta da sobria come fosse ubriaca di nostalgia.

Il fatto è che mia madre, dopo essersi finalmente spostata nell'estero desiderato, ha cominciato a giudicare come estero desiderato la terra da cui è venuta, cioè l'Italia.

Quindi quello che prima diceva di Lontan Town, ora lo dice dell'Italia.

E cioè.

"Ah, l'Italia, paese bellissimo dove il sole è d'oro zecchino!

Ah, la mia terra, dove tutto è possibile in quanto esiste la fantasia dei giorni!

Ah, se potessi far crescere i miei figli in Italia, avrebbero le possibilità che qua sono negate!".

E così via.

Mia madre dice dell'Italia quello che diceva prima dell'altro mondo, per un motivo molto semplice: l'Italia, vista da lontano, è diventata l'altro mondo.

L'assistente-sociale-scorpione, che comunque è cittadino di questo mondo, non gradisce. Inoltre ritiene che se mia madre scassa così tanto con la nostalgia, non darà garanzia di stabilità ai figli.

Una situazione imbrogliata, anche perché zia-renna, nel suo giudizio, resta comunque la persona che mi ha esposto a rischio di morte. Gli scorpioni, abituati al veleno, esagerano.

Per lo scorpione, per i professori, per il pompiere pentito, la soluzione resta difficile.

A loro non importa che zia-renna si stia impegnando per dimostrarsi affidabile.

A volte gli adulti marchiano le persone come bestie da mandria e i marchi restano, nonostante i ripetuti autolavaggi.

Stasera va peggio. Tutte queste parole (le considerazioni, i pensieri, i comunicati ufficiali dello scorpione, i dubbi dei prof, i discorsi di Alberto, le idee di riscatto di zia-renna, i lamenti di mia madre) si sono ammassate nel cervello e spingono, spingono.

Ho paura che il cranio si aprirà con un rumore di orologio a cucù e le parole scapperanno in modo disordinato.

Sono dieci giorni che non mangio. Mi hanno messo nel braccio un ago attaccato a una flebo. Forse il tubo potrà essere una corda da cui evaderanno tutti i pensieri, tutte le risposte che non ho su cosa accidenti deve ancora succedere.

Nel corridoio, oltre la solita folla, ci sono i medici e gli infermieri. Vicino al prato è parcheggiata un'autoambulanza: ho visto le luci che arrivano fino alla mia stanza.

Le luci girano sui muri e vedono dove abito.

Chissà se gli piace.

Mi pare di sentire piangere Alberto. Di sicuro mi sbaglio, perché lui è grande e grosso e non vorrebbe mai farsi vedere piangere. Ha i muscoli, lui.

Ecco che torna il delirio.

Arrivederci e grazie.

Non so cosa dico, ma dico e dico.

L'erba si scoccia della presenza dell'autoambulanza e comincia a crescere. Ogni filo diventa un ramo. Il ramo più veloce corre per primo fino alla finestra e la spalanca dall'esterno.

Entrano gli altri fili rami, mi raggiungono, mi aprono la testa ed entrano.

Vogliono portarmi fino alla luna. Sbucano dall'apertura delle idee e mi dicono "vieni, vieni, lasciamo questo posto, andiamo via. Questa confusione non ti giova: dormi, dormi. Ti sveglierai sulla luna, sarai finalmente lontana".

Non voglio andare via da qua. Lasciatemi qua, mi sono abituata, questa è casa mia. Urlo tanti nomi. Mavia, Cooper, i nomi animali dei prof. Urlo Alberto, mamma, zia-renna, pompiere. Persino scorpione, urlo.

Poi i rami per fortuna si ritirano, tornano fili, si rimpiccioliscono verso il prato. Li sento sgusciare dalla testa mia uno a uno.

Compare un prurito e mi accorgo di essere viva.

Mi guardo. Non ho un pezzo di me senza puntini rossi.

LE IDEE E I DELIRI TORNANO A CUCCIA

La febbre è scomparsa ed è la prima sera che sono cosciente.

Cosciente, insomma.

Cosciente come al solito.

Il dottore-ippopotamo sta rassicurando i presenti.

«Abbiamo scampato il rischio della complicazione dell'encefalite».

Mia madre non capisce niente e chiede ad Alberto di tradurre le parole dell'ippopotamo.

«Maledetta lingua straniera» dice.

L'ippopotamo si affaccia alla porta, deve visitarmi.

«Si accomodi, dico» e sollevo contenta il pigiama: sulla pancia sguazzano puntini rossi.

«L'encefalite è una brutta malattia. L'abbiamo scampata bella».

«L'ho scampata bella» lo correggo.

Lui ride.

«E sentiamo, perché sarei un ippopotamo?».

«Non tanto per la mole, quanto per le macchie intorno agli occhi che sporgono un po'» non posso più mentire.

«Ti perdono, ma solo perché sei viva per miracolo. Il decesso da encefalite è frequente nelle persone con sistema immunitario compromesso».

«Perché non mi avete portato in ospedale?».

«L'ospedale vicino non ha il reparto delle malattie infettive, avresti dovuto viaggiare fino a Lontan Lontan Town ed era pericoloso» sorride.

«Conosce anche lei Lontan Lontan Town?».

«Conosciamo molto dei tuoi modi di dire e di pensare, ormai».

«Bella roba».

«Bella roba, sì» mi dà un bacio sulla fronte che non scotta più.

«E poi non sono assicurata».

«E che ne sai tu dell'assicurazione?».

L'ippopotamo è molto stupito.

«I ragazzi silenziosi non sono idioti e possiedono orecchie» descrivo.

Il dottore-ippopotamo si sganascia dalle risate e mima un ballo da ippopotamo.

«Avrai presto cittadinanza e assicurazione».

«Mia madre mi porterà via».

«Non è detto. Mi meraviglio che tu non sappia che gli ippopotami sono pericolosi, se contraddetti. Sono animali tranquilli in apparenza, sciabordano volentieri in pace nel fango ma se qualcuno rompe le scatole si trasformano in guerrieri. Infatti sono quelli che fanno più vittime tra gli animali selvatici. A terra sono lenti e goffi ma nell'acqua hanno capacità e sveltezza. Io collaboro con la direttrice dell'ospedale, che ha molta voce in capitolo circa l'amministrazione pubblica di Lontan Town».

«Chi, la direttrice-lepre con i baffi da lepre?».

«Lei! Ma come ho fatto a non riconoscere che è una lepre, precisa e sputata!» scherza. «Cosa ti preoccupa, Mea, a parte non sapere ancora quale animale sei?».

«Anche questo ho detto? Ma porca miseria ho spifferato tutto. Mi preoccupo per zia-renna».

«Ti aiuterò».

Alberto se ne frega del contagio: entra in camera e mi abbraccia.

Zia-renna ride e piange con un'alternanza strana.

Mia madre mi dice che la pianterà di lamentarsi, ma dopo cinque minuti è lì di nuovo che si lamenta.

La prof-trampoliere-dalle-ali-rosee mi dedica una canzone dei Beatles. Stona e ansima come un mantice rotto.

Il professore-picchio-con-ciuffo-rosso-e-barbetta-nero-grigia mi comunica che non posso lasciare la scuola, in quanto ha in programma un altro magnifico esperimento scientifico con le rane e... con i picchi con ciuffo rosso e barbetta nero grigia.

«Sei stata coraggiosa. Meriti una A».

«Ma se ho fatto tante assenze!».

«La meriti lo stesso. A di Audace».

A di audace lo dice in italiano. Cavoli! A Lontan Town non hanno mai parlato così tanto italiano.

Nell'altro mondo c'è somiglianza di parole, che è tra le più belle somiglianze che ci sono.

I GIORNI TORNANO

Torno a scuola. I professori sono gentili, anche quelli non del corso mio, dico, e mi fanno i complimenti per lo scampato pericolo.

I nomi animali che ho appiccicato ai miei prof fanno il giro della scuola. Ne sono contenti soprattutto i prof non miei.

L'assistente-sociale-scorpione viene anche ai corsi (ma che persecuzione!): compare all'improvviso nelle aule e si mette in piedi in fondo a seguire per un po', poi se ne va.

Ha con sé un blocco di appunti e scrive.

Cosa avrà da scrivere…

Kan e le ragazze del gruppo suo non mi salutano e continuano per la loro strada. Questo non è cambiato.

Mavia si aggira per la scuola come se fosse la compagna della supereroe di turno. Esagera.

Non riesco a dimenticare di avere spifferato tutto durante il delirio. Mi imbarazza.

Eppure.

Eppure le conseguenze di avere strombazzato i miei pensieri mi portano a una considerazione che non posso negare: ho smesso di essere trasparente e le persone sanno chi sono.

La vergogna di prima, quella dei miei pensieri solitari, non aveva ragione di esistere.

Giungo a una conclusione che non mi aspettavo: se ti fai riconoscere ci sarà sempre chi ti detesterà, ma ci sarà pure qualcuno a cui piacerai. Insomma, pazienza se sei quello che sei e stai sulle scatole a qualcuno.

Altro dato interessante è che, tutto sommato, le persone a cui piaci sono quelle che piacciono a te. E questo non per scambio convenzionale di "ci piacciamo". Si incastrano preferenze, tutto qua.

Le persone a cui non piaci quasi sempre sono quelle che non piacciono a te, non so bene se per questioni di orgoglio ferito o cosa.

Mi rendo conto di non aver mai comunicato finora. La mia immaginazione ha avuto il ruolo del corpo esteso di Mavia. Ho usato l'immaginazione come protezione, ma mi ha anche isolato. È stata per me come una tuta degli astronauti, mi ha tenuto a galla nel vuoto.

Ho paura di perderla. L'immaginazione, dico, non Mavia.

Ora non lo so proprio se la mia fantasia dimagrirà o scomparirò addirittura. Ora che ho imparato a dire, seppure in delirio, forse la tuta si è rotta e l'immaginazione è scappata da tutte le parti, in tutto l'universo. Non lo so. Non è che un morbillo può farmi diventare scienziata.

Mia madre continua a lamentarsi. Viviamo tutti insieme, ma lei non riesce a comunicare in inglese. Abbiamo messo questa regola dell'inglese-sempre per aiutarla e aiutarci, ma lei non impara facilmente e si arrabbia. Le ho consigliato le canzoni dei Beatles, ma mi ha mandato a quel paese.

In parte la capisco (molto in parte). Lei è frustrata perché le si è spaccato il sogno-fissazione dell'*altrove*.

Deve essere terribile vendere tutto, andarsene, raggiungere finalmente l'*altrove* e capire che l'altrove resta altrove anche dove sei arrivata.

Non mi sento più responsabile dei dispiaceri di mia madre. Avrà i suoi buoni motivi, ma i suoi buoni motivi non sono io.

E comunque ormai l'altrove per lei è il posto da cui è andata via.

Sta sempre a ricordare, trova cento differenze, si stanca.

Le ho anche detto che poi dipende da dove uno posa lo sguardo. La direzione decide se si troveranno differenze o somiglianze oppure altre cose che non somigliano a niente, e non è nemmeno tanto male.

Forse l'immaginazione di mia madre ha un difetto di fabbrica. Oppure i dolori adulti smangiucchiano la fantasia buona e la fanno malata.

Ieri, quando sono tornata da scuola, ho fatto una prova con la mia immaginazione, perché mi dispiacerebbe se fosse scappata proprio tutta nell'universo e se non me ne fosse rimasta nemmeno un pezzo.

Allora ho badato bene che nessuno mi vedesse e mi sono stesa a pancia sotto sul prato.

Ho parlato con l'erba.

«Cara erba, buonasera, scusa se ti disturbo, ma per me è di fondamentale importanza capire se riesco ancora a vederti crescere. Quindi, se puoi fare un po' di strada verso l'alto te ne sarei grata. Ti spiego perché: è vero che ora mi capisco meglio con le persone ma la solitudine torna – torna sempre lei – e io vorrei avere ancora la possibilità di vedere gli animali e l'erba crescere, cioè tu, e queste cose non approvate dalla comunità scientifica. Grazie».

Ho messo gli occhiali ingrandenti di zia-renna e ho aspettato.

Non è successo niente.

Ho aspettato ancora.

E ancora.

Mi sono scoraggiata.

Poi un filo, uno solo, si è stiracchiato e ha fatto una strada piccolissima verso l'alto. Sono stata contenta.

Dalla base del filo è sbucato un ragno rosso. Non avevo mai visto un ragno rosso e non ho pensato nemmeno per un momento che forse era stato lui a spingere il filo d'erba.

D'altra parte non mi importa capire le risorse altrui. L'erba è cresciuta un po' e questo mi può bastare.

E se fossi un ragno rosso? No, non credo, ho i capelli neri.

ZIA RENNA HA DI NUOVO CAPELLI-CORNA PICCOLI E RICCI

Zia-renna si dà un gran da fare.

Le sono cresciuti i capelli-corna. Non tanto, ma abbastanza. Va e viene come se avesse un segreto esplosivo. Ha smesso di scusarsi. E meno male, ché non ce la facevo più.

Sta sempre al supermercato e agli Alcolisti Anonimi, dove ha rivelato il suo nome vero; non è stato un gesto eroico perché tanto qua a Lontan Town si sa tutto di tutti (come nel quartiere del negozietto italiano) e tutti sapevano di lei, di me, del morbillo, di Gin e gin.

A proposito: Gin è ricoverato nello stesso ospedale dove siamo state noi due. Ha una malattia al fegato. Diciamo che lui è davvero troppo affezionato alla sua immaginazione alcolica e ne è rimasto schiacciato.

Zia-renna è andata a trovarlo e le è sembrato molto anziano. Non ha detto così. Ha detto vecchio.

«Vedessi com'è diventato vecchio in pochi giorni!».

«Si dice anziano».

«Mea, vedessi com'è diventato anziano in pochi giorni! Mi dispiace, ma purtroppo non posso farci niente in quanto il suo tempo non lo comando io e non l'ho mai comandato» ha riso. «Le renne a stento comandano le proprie corna».

«Mi trovi d'accordo» le ho risposto nel mio inglese che sta migliorando.

«Ho una novità, Mea».

«Lo so che hai una novità, fai di tutto per farlo capire».

«Vero. Vuoi sapere qual è?».

«Sì. Ed è quello che vuoi anche tu».

«E se poi non si realizza?».

«Fa niente, almeno siamo contente per un po'».

«Il direttore forse accetta la mia richiesta di farmi organizzare un settore libri e cucina».

«Libri e cucina?».

«Sì».

«E ti piace?».

«Certo che mi piace».

«Cioè ti piacerebbe vendere libri di ricette».

«Ne sarei felice».

«Contenta tu».

«Potrei non lavorare alla cassa, avrei dei turni solo in orari di apertura al pubblico, spiegherei le ricette italiane alle persone. Finalmente comunicherei che gli spaghetti con le polpette in Italia non si fanno. Bello, no?».

Sinceramente a me i libri di ricette non mi attraggono proprio per niente, ma ognuno ha i suoi desideri. E comunque i libri di ricette mi sembrano più innocui di Gin e gin. Decido di fingere di seguirla in questo entusiasmo a mio avviso esagerato:

«Bello! Bellissimo! Bene».

«C'è un'altra cosa».

«Di', zia-renna».

Si guarda intorno, sospettosa e cospirante.
«Mi sono innamorata del direttore».
«Ho una domanda fondamentale da farti».
«Di', Mea».
«È una renna? No, dico, è mica una tigre, uno squalo, un camaleonte, uno struzzo, un facocero, uno gnu?».
«È una renna».
«A posto così».

Alberto spopola a scuola mia. Persino le ragazze di Kan-canguro lo corteggiano. È molto bravo e credo che abbia trovato la sua strada, che a dire la verità mi piace più dei libri di ricette.
Se continua così, presto diventerà un professionista. Per ora racimola qualcosa aiutando il prof con i bambini vestiti da giganti.
Alberto dice che il rugby ha una filosofia internazionale e che è bello da tutte le parti, ma qua di più.
Filosofia. E quando mai ha studiato la filosofia Alberto?
Ma comunque meglio così.

IL PROBLEMA RESTA MIA MADRE

Sono giorni che mia madre prende carte da un cassetto e si lamenta. Almeno il lamento ha un oggetto preciso.

Prende i fogli e la calcolatrice e si lamenta.

Legge mail non so di chi e si lamenta.

Quando le chiediamo "cosa c'è che non va?" lei si lamenta di più e non ci risponde.

Il tempo passa e la mia paura di Lontan Lontan Town cresce.

Non ho nessuna voglia di andarmene. Quando sono speranzosa, penso che ora anche Alberto sta bene qua con il rugby e la sua notorietà. Penso che forse mamma-colibrì la pianterà di vedere il prossimo fiore più succoso e più giusto di quello dove sta.

Quando non sono speranzosa, penso che mia madre non la smetterà e che prima o poi ci incarterà e ci porterà via.

Nel frattempo vivo.

Vivo perché sto imparando che vale la pena non perdere tempo, che pure i momenti poco speranzosi possono in parte lasciare zone libere. Vivo perché i puntini del morbillo, che sembravano indelebili, se ne sono andati così come sono venuti. Questo è un insegnamento che mi dice che pure i momenti poco speranzosi non sono indelebili.

L'ho detto male, ma ci siamo capiti.

Al ritorno da scuola, ho litigato con mia madre. Le ho detto che sta appesa alle nostre parti belle e, dondolando dondolando, ci riporta in basso, appresso a lei.

Non l'ha presa bene.

Ha cominciato a urlare parole che non erano del tutto prive di senso, ma ferivano la testa.

Così è tornato Cooper.

È tornato all'improvviso. Non l'avevo nemmeno chiamato.

Mi ha messo le mani sulle orecchie e mi ha cantato, dall'interno delle mani sulle orecchie, una canzone dei Beatles, quella che mi piace di più. Non la dico perché mi vergogno.

Mi vergogno perché è una canzone vecchia, perché l'ho dovuta imparare per forza e con grande sforzo. Eppure a furia di cantarla, la canzone che non dico ha perso i motivi per cui la dovevo imparare per forza e sono restate solo le parole belle. Solo la musica.

Sono stata felice e ho dimenticato le urla di mia madre. L'ho guardata come se fosse muta e pure un poco sorda.

«È tornato Cooper!».

Mia madre ha scosso la testa.

«E chi è adesso 'sto Cooper?» non ha aspettato la spiegazione. «Sei restata la ragazzina scombinata di sempre. Non guarirai mai da te stessa».

Allora zia-renna ha scosso la testa sua e i capelli-corna che le sono cresciuti e ha infilato una serie di parole di senso compiuto. Senza distrarsi, dico, che per noi è un fatto strano.

«La devi piantare. Mea ha le sue risorse. Si vede che aveva litigato con Cooper e ora è tornato e le avrà inviato un messaggio. Ha anche lei la sua vita privata, che credi? Senti una cosa: non possiamo passare tutto il tempo ad assecondare i tuoi lamenti. Cerca i Lamentosi Anonimi e partecipa alle riunioni, che qua non ce la facciamo più».

Zia-renna ha dimenticato i miei deliri, per lei Cooper esiste sul serio, punto e basta.

Mia madre ha perso del tutto la calma.

«Io non prendo lezioni da una figlia matta e da una zia alcolista! Ho guai seri, io. Guarda!».

Ha preso le carte e le ha mostrate a zia-renna.

Zia-renna ha letto.

«Porca miseria e ora come si fa?».

Cooper ha continuato a cantare, meno male che l'immaginazione di lui è tornata.

RIUNIONE DI FAMIGLIA ZOOLOGICA

Mia madre è ancora lì, seduta al tavolo. Ziarenna pure. Non sono andate a dormire.

Alberto si sveglia e mangia l'incredibile. Per conciliare le tradizioni fa due colazioni: una italiana dolce, una internazionale salata. Se continua così diventerà un gorilla maestoso.

Da quando si allena qui è diventato più largo e pure più bello. Ha i capelli lunghi e la barba gli fa una faccia leggermente criminale, ma quando sorride pare più giovane e la bocca crea un bel contrasto con la faccia criminale che dice "no, non sono criminale, stavo scherzando".

È soddisfatto. In Italia le sue competenze sportive erano apprezzate, ma non come qua. Ha preso un certo coraggio e mi pare che non dica più sempre di sì, soprattutto a mia madre che per questo si sente ferita. Sbaglia. Dovrebbe esserne contenta.

Con Cooper è andata molto bene: gli ho raccontato le parti mancanti di quando non c'è stato.

Mia madre e zia-renna ci comunicano che oggi nessuno si muove da qua.

Alberto dice che non se ne parla, che deve allenarsi.

Io dico che non se ne parla, che il prof porta le rane e non voglio perdermele.

«Perfetto» dice mia madre «allora decideremo anche per voi».

Alberto dice che forse l'allenamento può aspettare.

Io dico che in fondo le rane non scappano. Bugia. Scapperanno di certo e io non ci sarò per acchiapparle.

Ci sediamo tutti e quattro intorno al tavolo.

Zia-renna fa un'introduzione lunghissima, per giustificare mia madre. Io e Alberto ci guardiamo e non capiamo niente. Il discorso di zia-renna va avanti, va avanti, poi torna indietro, torna indietro.

«Non è colpa sua. Le colpe d'altra parte sono inutili. E vogliamo dimenticare che una donna poi non può pensare a tutto? L'importante non è cadere, ma rialzarsi. Sì, sì. E ci rialzeremo, anzi si rialzerà, anzi si asciugherà. Sarebbe bello poter tornare al prima e porre rimedio. Possiamo noi tornare al prima e porre rimedio? No. Non possiamo. Bisognerà riuscire ad alzarsi e pure ad asciugare, visto che ci troviamo».

Alberto ha imparato a dire no e lo dice.

«No».

«No, cosa?» chiede zia-renna.

«No, in genere».

Quasi quasi invito Cooper al tavolo per complicare il quadro della situazione.

Chiedo di capirci qualcosa, così almeno faccio in tempo anche ad andare a scuola, ché il laboratorio sulle rane è di pomeriggio.

Lo chiedo a mia madre, la quale lamentosa è lamentosa ma ha maggiori capacità logiche espressive rispetto a zia-renna.

Lei tanto per cominciare si scusa. Ma che è un virus?

Poi attacca.

«L'atto di vendita della casa, del giardino e del bazar è annullato». Io, Alberto e Cooper, che è arrivato e sta al mio fianco, sbarriamo gli occhi. «È annullato perché l'infiltrazione dell'allagamento che ha subito la proprietà ha causato danni strutturali. Quindi noi abbiamo venduto per sana qualcosa che sana non è. Devo restituire i soldi. Le spese notarili spettano tutte a me, le spese dell'affitto della casa di Lontan Lontan Town che ho pagato con i soldi della vendita spettano a me, il viaggio di ritorno – perché devo tornare immediatamente in Italia – spetta a me. Il tutto si riassume in due parole: siamo rovinati. Ah, dimenticavo, non so come fare con te, Mea, perché gli ultimi avvenimenti di incendio mi vietano di affidarti a zia Ludovica».

Alberto si alza in piedi, ha gli occhi sbarrati e le spalle larghe ed è davvero un gorilla maestoso.

«Mia sorella può essere affidata a me. Sono maggiorenne».

Caspita, che intelligenza hanno i gorilla! Nessuno ci aveva pensato.

«Sìììì!» mi compiaccio. Mi compiaccio perché posso restare e perché sentire dire *mia sorella* da questa bella voce di gorilla mi fa felice.

Mia madre non approva.

«Siamo rovinati lo stesso. E adesso dove li trovo i soldi per il biglietto?».

SONO STANCA E SCAPPO

Zia-renna ha telefonato all'agenzia immobiliare che ha procurato a mia madre l'affitto online della casa di Lontan Lontan Town e ha dato il via a un lamento infinito. Deve averlo imparato da mia madre-colibrì.

Una litania pazzesca, un doloroso inno alla mancanza di soldi, alla persecuzione delle calamità naturali, alle regole terribili che mantengono in equilibrio i palazzi, i negozi e i giardini.

Si è detta disposta a pagare una multa, ma non tutta la cifra dovuta.

Quando l'agente immobiliare è crollato, ha negoziato pure sulla multa. Certo, la fortuna ha il suo ruolo, come al solito, perché l'agente ha subito rimpiazzato noi con un altro nucleo familiare zoologico meno inguaiato.

Poi è scappata dal direttore e, ahimè, lo ha trovato con un'altra. Invece di bere di nuovo gin e dolore gli ha chiesto un prestito sui futuri stipendi, soprattutto su quelli che riguarderanno libri e ricette, perché saranno più alti.

«Vero?» ha muggito e belato assieme.

Fatto sta che sono stanca. Quasi quasi mi ammalo di nuovo. In fondo quando uno sta male deve pensare solo a guarire. Viene spesso il sonno e la febbre ti stacca da tutto. Quasi quasi mi arrendo. Quasi quasi non vedo più nemmeno l'erba crescere.

Siamo punto e da capo.

Zia-renna è stata tradita di nuovo.

Il direttore le ha concesso il prestito, ma dovrà pagare interessi alti.

Cooper sta distratto e non si fa vivo. Vivo.

Esagero.

Alberto con gli ultimi pensieri di famiglia zoologica ha perduto forza e si è pure tagliato la barba, così non è più malizioso ma piegato.

Io dovrò sorvegliare zia-renna, ché se le viene un cedimento incendia un altro pezzo di casa.

Uffa.

Mi sale un dubbio.

E se a Lontan Lontan Town davvero si potesse stare meglio che qua? E se le renne in quell'altra città non ricevessero tradimenti? E se là mia madre fosse davvero e finalmente contenta? E se e se...?

Il dubbio porta con sé altri dubbi, perché i dubbi lo fanno e mi viene voglia di andarci a Lontan Lontan Town.

I dubbi mi fanno diventare un colibrì.

Così salgo in camera, riempio uno zaino e me ne vado.

Nessuno mi nota. Per forza io non sono una che scappa. Io sono una che cura, che studia, che guarisce, che smette di essere un punto puntino malato di attenzione.

Il treno aspetta proprio me.

A volte i mezzi di trasporto collaborano con i colibrì.

Non ho i soldi del biglietto e non lo faccio. Non mi nascondo nel bagno, non faccio niente di niente. Mi siedo e aspetto di arrivare a Lontan Lontan Town.

Il treno è pulito, ma pare un treno antico. Non so perché mi dà questa idea qua. Canticchio i Beatles, che nel vagone ci stanno proprio bene.

Tre tipi fricchettoni mi chiedono come mai canto i Beatles, non rispondo e continuo a cantare.

Hanno ragione gli altri. Ha ragione mia madre: sono scombinata e non pondero. Che parola assurda "pondero"; chissà come mi è venuta in mente.

I tre fricchettoni si mettono a cantare con me. Fanno un coretto organizzato; devono essere abituati. Si sfiancano in controcanti, voci di strumenti, usano il bracciolo del sedile come tamburo. Dopo poco cantano per i fatti loro e io mi ostino a cantare per i fatti miei. Credono che lo faccio di proposito, tipo scelta musicale di disaccordo, perciò mi applaudono. Poi scendono dal treno.

«Ciao, Beatles» in pratica mi chiamano scarafaggio.

«Al momento sono un colibrì» rispondo.

DI NOTTE A LONTAN LONTAN TOWN

Inutile starci a ragionare troppo, la vita poi decide. Sto esagerando con le teorie inutili.

Comunque.

Il controllore mi becca senza biglietto proprio quando il treno sta per fermarsi a Lontan Lontan Town e mi fa scendere. Il controllore mi affida a un tizio e gli dice di verificare i miei documenti. Non ho documenti, mi spiace; a Lontan Lontan Town sono una clandestina. Questa città era il sogno di mia madre, non il mio.

Vorrei sbagliarmi, ma mi pare che mi sta

tornando la febbre. Sarà per questo che vedo storto, ombrato. Che cretina, è pure notte e la notte storce tutto.

Appena il tizio si gira, me ne vado. In effetti sembrare una ragazza a modo ha i suoi vantaggi.

Ora più che un colibrì mi sento un pesce rosso che ha fatto un salto dalla boccia di vetro e non sa dove sta. Forse sono finita nel lavandino o in un fiume o nella mondezza.

Ho freddo.

Ho freddo e non ho il telefono.

Non riesco a immaginare cosa sta succedendo a casa di zia-renna. Non so se si sono accorti del mio andarmene. Probabilmente no.

È un andarmene, non è una fuga. Per fuggire ci vuole ribellione che io non ho. Sono solo stanca.

Ondeggio.

Perfetto, il pesce rosso è capitato in mezzo al mare. L'idiozia consiste nel fatto che il pesce rosso non è pesce di mare, al massimo di fiume. Il suo habitat migliore è una fontana del parco. Sta abbastanza largo, sta abbastanza protetto.

Bene, bisogna che cerchi una fontana.

La fontana è un supermercato. Vedo l'insegna "APERTO 24 ORE SU 24" e mi sento relativamente in salvo.

Se non mi cacciano, posso passare la notte in mezzo ai barattoli e alle buste.

Entro.

Alla cassa c'è un tipo abbastanza giovane e magro. Ha il tronco che si allarga ed è rumoroso. È di sicuro un gambero-pistolero.

Il gambero-pistolero è il gambero più rumoroso dei sette mari. Ha una chela più grande dell'altra che finisce con una forma di pistola.

Quando il gambero-pistolero chiude rapidamente la chela più grande fa schizzare un getto d'acqua a circa cento chilometri all'ora; nello spruzzo si forma una bolla piccola di vapore incandescente. Quando la bolla implode, fa un rumore pazzesco che stordisce le prede piccole.

Resto incantata, non avevo mai visto fuori dai libri un gambero-pistolero. È una novità per me e la distrazione mi consola un po'.

Il tipo pistolero fa rumore con qualsiasi cosa gli capiti sotto la chela. E per sfizio non ben precisato, in quanto intorno non ci sono prede oltre me, apre e chiude la cassa facendola sbattere.

Canta un pezzo metal a tutta voce. Sono certa che le cuffie che ha nelle orecchie non sono d'accordo.

Voglio essere educata. In fondo questo gambero-pistolero lavora di notte e magari è un po' nervoso.

Mi avvicino.

«Salve» non mi sente. Ha gli occhi chiusi e urla *metal*. Gli tocco la giacca «Salve».

«Salve, cosa devi pagare?».

«Niente».

«E allora cosa vuoi?».

«Gentile gambero-pistolero» gambero-pistolero lo dico in italiano «vorrei passare qui la notte, perché non ho dove stare».

Il gambero muove le spalle sopra e sotto.

«Non ho problemi. Puoi».

Mi indica un mucchio di cartoni dietro scatole di corn flakes e barattoli di zuppa già pronta.

Insomma, come fontana non è male. Vicino ai cartoni c'è anche un bagno: posso finalmente fare pipì.

"Non credo che dormirò", penso mentre mi lavo le mani "ma per lo meno domani potrò decidere cosa fare". Non lo so se voglio tornare da zia-renna, non so proprio niente in verità.

Mi accomodo sotto i cartoni, ho freddo. Questa fontana è ghiacciata. Chiudo gli occhi e non penso più a niente.

Finché succede.

Ora bisogna capire se i guai cercano me o io cerco loro.

Entra un rapinatore con passamontagna e pistola.

Dal passamontagna sbucano due spilli d'occhi che non dicono niente di buono.

Chiede al gambero di aprire la cassa, ma lui non sente. Non va bene così, apri gli occhi, gambero!

Devo fare qualcosa.

Vorrei nascondermi e basta, ma devo fare qualcosa.

PISTOLERI E GAMBERI E PESCI ROSSI

Sembra strano, ma la paura generale di prima mi passa.

Cioè.

Non è che mi passa, ma si trasforma in una paura pratica.

La paura generalizzata ti dice "attenzione il pericolo è ovunque ed è pure in te"; la paura pratica mi sta dicendo "attenzione, il pericolo è il rapinatore".

Così penso al gambero-pistolero e agisco. Se il gambero-pistolero fa rumore con la chela-pistola per catturare prede, io posso fare rumore per difendere le prede.

Punto la schiena dietro la pila alta dei barattoli di zuppa già pronta e spingo.

La cascata di zuppa fa un rumore assordante, i barattoli, cadendo, creano un effetto domino e colpiscono scatole di tonno, le scatole di tonno buttano giù lattine di aranciata, le lattine, crollando, fanno perdere l'equilibrio a file e file di bottiglie di vetro.

Il rapinatore decide che non si può lavorare in pace in mezzo a tutta questa confusione, spara due colpi in aria e se ne va.

Arriva la polizia, il commesso gambero-pistolero l'ha chiamata con un allarme diretto appena ha visto il rapinatore; ha fatto finta di non vederlo, solo per perdere tempo.

Non bisogna sottovalutare i gamberi-pistoleri.

I poliziotti sono due cinghiali che si somigliano tra loro. Hanno i capelli a spazzola, il naso sporgente e il mento rientrante, sono grassi e hanno braccia e gambe corte e relativamente magre.

Il gambero-pistolero racconta l'accaduto. I cinghiali gli fanno un sacco di domande. In verità il commesso racconta parecchie imprecisioni per mettere in maggiore luce il suo coraggio. Lo lascio fare, anche perché se il rapinatore avesse portato a termine il suo lavoro, la maggior preda sarebbe stato lui. Io me ne sarei rimasta sotto i cartoni.

Mentre il gambero parla, me ne sto ferma e zitta, da spettatrice inutile.

Il cinghiale capo, dopo il racconto del gambero, sposta l'attenzione su di me.

«È tua sorella?» chiede.

Dici sì, dici sì. Penso.

Il gambero-pistolero esita. Non so se esita perché potrebbe avere guai ad aver ospitato una minore o per benefici di gloria.

Però poi spiattella. Spiattella a suo vantaggio.

«La ragazza non è mia sorella, è entrata nel supermercato per fare compere».

In fondo lo capisco, non può dire di avermi offerto alloggio sui cartoni per una notte.

I cinghiali si avvicinano.

«Salve».

«Salve» rispondo.

«Come ti chiami?».

«Mea Barbari».

«Dove abiti?».

Eh, ora viene il bello.

«Sono di passaggio».

«In un supermercato di notte?».

«Non precisamente».

«Documenti?».

«Non ho documenti».

«Devi seguirci in centrale».

Guardo il gambero-pistolero con disperazione. "Muoviti", penso, "tira giù qualche cassa di barattoli! Io per te l'ho fatto". Il gambero-pistolero tradisce le sue inclinazioni rumorose e se ne sta fermo e zitto.

Quando i cinghiali mi portano via, mi sussurra grazie.

Sì, grazie.

Per motivi stravaganti che non conosco, mi godo il tragitto in macchina fino alla centrale. Bella Lontan Lontan Town, forse mamma-colibrì aveva ragione. È spezzata in due da un fiume e i ponti che la attraversano sono belli, pieni di luci. Il fiume è quasi tutto ghiacciato e l'acqua libera fa disegni brillanti. Bel posto Lontan Lontan Town.

In Centrale fanno in fretta a farmi spifferare tutto; siccome vincono loro in un minuto, mi levo almeno lo sfizio di dire come ho fatto cadere i barattoli e quindi come ho fatto scappare il rapinatore.

Una poliziotta-giaguaro a cui mi hanno affidata, mi carezza la testa e mi dice che sono forte.

«Come l'aceto» rispondo.

QUANDO LE STORIE FINISCONO, NON FINISCONO DEL TUTTO

All'alba mi raggiungono zia-renna, mamma-colibrì e Alberto.

Non credono ai loro occhi e soprattutto non credono possibile che io sia scappata.

«Non sono scappata, me ne sono andata perché stanca» preciso.

Il giaguaro li spella di domande e li rimprovera. Dice che non è possibile permettere fughe o un semplice andare via a una ragazzina.

Dice che sono fortunati se non si beccano una denuncia.

A questo punto mi dispiace per loro, perché imperfetti sono imperfetti, ma non potevano immaginare che io fossi così stanca da andarmene.

Così mi invento una solenne palla.

Dico che qua, a Lontan Lontan Town, abitano i nonni di Cooper e che io, per capriccio, volevo venire a trovarli. Dico che forse la nonna di Cooper sta morendo. Praticamente racconto una Cappuccetto Rosso modificata. Imbastisco storie melense su storie melense: piacciono tanto agli adulti quando pensano a come sono fatti i ragazzi. Come se noi vivessimo con i piedi schiaffati nel miele zuccherino.

Infatti, il giaguaro abbocca e pure zia-renna e mia madre e forse pure i cinghiali. Alberto meno: non è ancora tanto adulto.

Che poi se volessi dire la verità nient'altro che la verità, cosa direi?

Che non so quale animale sono?

Che invece riconosco in giro animali vari?

Che sono tre mesi che la vita mia somiglia a un frullatore?

Che l'immaginazione mi trasporta a una

velocità che non sempre domino?

Che l'affetto per le persone che conosco esce danneggiato dalla fabbrica e con fili appesi di altri sentimenti?

Che ho le idee confuse?

Non lo posso dire, quindi tanto vale raccontare di Cappuccetto Rosso modificata, che pure lei poi non se l'è passata tanto liscia.

I cinghiali e il giaguaro mi salutano. Posso tornare a Lontan Town.

Il cinghiale capo mi dà una medaglia e una lattina.

Ride.

«Sei stata più coraggiosa del commesso che ci ha raccontato bugie».

Mi vergogno un po', perché anche io ne ho raccontate tante.

Sto per confessare.

«Comunque Cooper...».

«Non approfondiamo» dice il capo «in fondo eri armata di buone intenzioni».

Non è scemo questo cinghiale, deve aver capito che i nonni di Cooper e pure il nipote non hanno casa a Lontan Lontan Town.

Siamo a casa di zia-renna.

Quando accadono guai, le ore si scombinano, perdono cronologia, vanno per i fatti loro.

Così ci ritroviamo davanti a piatti di pasta fuori orario.

Zia-renna parla per tutti.

«Abbiamo sbagliato, ti abbiamo dato un carico che non puoi reggere. D'ora in poi penserai solo a studiare e a fare quello che fa una ragazza. Tua madre tornerà in Italia, troveremo noi il modo per risolvere tutto. E se non ci riusciremo, non sarà comunque compito tuo trovare risposte. Tu e Alberto resterete da me. Tu sarai affidata a tuo fratello, perché io... ho qualche impedimento. Domani tornerai a scuola e pace. Si riprende da dove ci siamo interrotti. E ora mangiamo».

Come in una famiglia più normale della nostra, ci ritroviamo a mangiare parlando di sciocchezze. Fa bene ogni tanto abbassare il volume.

Sono alla fermata del bus. Sono un po' intontita. E grazie che sono un po' intontita. Mi dico che per un po' devo immaginare meno e che avrò tregua di stabilità. Resterò a Lontan Town, resterò con Mavia, resterò ferma per un po'. Finalmente.

Andarmene è servito? Forse. Certo i problemi non si sono risolti, ma per lo meno si sono allontanati. È già un fatto buono.

INFATTI SONO ANCORA QUA

Ecco l'autobus.

Salgo e vado meccanicamente verso la fila dei più grandi, dove in genere non c'è nessuno. Dove in genere sto da sola.

E mi prende un colpo.

Proprio sul sedile a fianco a quello dove siedo di solito c'è uno.

Uno.

Non è uno qualsiasi.

Sbarro gli occhi e resto impalata. Santo cielo, ci siamo di nuovo, sono di nuovo mangiucchiata dalla immaginazione mia e questa volta non l'ho nemmeno provocata.

L'Uno in questione mi vede così imbalsamata e mi sorride.

«Ciao».

«Ciao, Cooper» gli dico.

«E che ne sai che mi chiamo Cooper? Sono nuovo, sono appena arrivato da... sono arrivato ieri, per la precisione, e oggi è il primo giorno di scuola. Come ti chiami tu?».

«Ma dai che lo sai, Cooper, sono Mea. Mea Barbari».

«Perché dovrei saperlo?» ride, non si scoccia.

Lo guardo meglio, lo fisso senza vergogna. È Cooper ma non è Cooper. È leggermente più basso e i capelli sono leggermente più lunghi. Ha un tatuaggio sul polso che non avevo mai immaginato prima e profuma di deodorante alla tuberosa.

Annuso. No, non avevo mai immaginato questo profumo.

In verità Cooper-immaginato ha sempre avuto un odore neutro, di aria e basta.

C'è solo un modo per capire. Chiudo gli occhi e parlo nei pensieri con il Cooper di sempre.

«Vieni qua, Cooper, vieni qua subito. Devo capire se hanno ragione tutti a credermi parzialmente matta».

Non subito, ma arriva. Sta in piedi vicino a me.

«Eccomi. Che hai da sbraitare?».

«Guarda là, guarda chi c'è sul sedile a fianco».

«C'è uno».

«Si chiama Cooper».

«Coincidenze. E poi io sono più bello. Ho da fare, ti lascio in sua compagnia».

E scompare, forse si è offeso.

Con una confidenza che il Cooper in carne e ossa non può capire, parlo con lui. Ci troviamo a scherzare. E poi gli dico dei Beatles, degli animali, del mio mondo scombinato. Così, senza vergogna.

«Ma sai che mi sembra di conoscerti da tanto?» mi fa. Frase un po' così, ma io so che in questo caso è perfettamente vera.

Arriviamo a scuola e gli presento tutti; lo accompagno dal dromedario, dal picchio, dal trampoliere, dalla cavia, da tutti insomma.

E ci sediamo vicini.

Ci sediamo vicini a inglese, a scienze, a matematica. Ci diamo appuntamento per domani.

Sul bus.

Non riesco a crederci.

Mi precipito in camera, ho bisogno di mettere i pensieri a posto. Ho bisogno di stare stesa al buio.

E nel buio comincio a pensare frasi brevi, per non confondermi.

L'immaginazione ingombra.

L'immaginazione a volte accende false speranze.

L'immaginazione va veloce e può fare inciampare.

L'immaginazione non vuole somiglianze previste e tutte uguali.

L'immaginazione non si decide prima.

Alcuni ne hanno grammi, altri chili.

Ma è innegabile, l'immaginazione mia mi ha fatto succedere davvero un fatto immaginato.

Cooper esiste davvero.

Certo, lo avrei incontrato lo stesso, pure senza immaginarlo prima.

Certo.

Ma non sarebbe stato cosi.

Così bello.

Mi do pace e per questa pace che mi do, arrivano altri pensieri.

Non so quale animale sono, va bene.

Forse sono tanti animali: sono un trampoliere, una renna, un cinghiale, un picchio, un colibrì, uno scorpione, un cane. Forse sono animali a cui non ho ancora pensato.

Dal piano di sotto mi arriva il richiamo di ziarenna.

«Mea! Meaaaaaa! Meaaaaaaaaaaa!».

Mea significa mia, ma può essere anche la voce di un gatto.

Forse sono un gatto.

INDICE